Erotischer Zauber der Liebe

Silvia Kaufer

Bibliografische Information der Deutschen Nationalbibliothek

Die Deutsche Nationalbibliothek verzeichnet diese Publikation in der Deutschen Nationalbibliografie; detaillierte bibliografische Daten sind im Internet über www.dnb.de abrufbar.

Impressum:

Ideen und Texte: Silvia Kaufer
Bildliche Gestaltung: Silvia Kaufer
Umschlagsgestaltung: Silvia Kaufer
Bildquelle: Fotolia
Herstellung und Verlag: BoD – Books on Demand, Norderstedt
ISBN: 9783752887693

Ähnlichkeiten von Romanfiguren mit real existierenden Personen sind rein zufällig.

Auflage:
Dies ist eine überarbeitete Neuauflage der Originalversion:
Erotische Stunden im Paradies

Erotischer Zauber der Liebe

Erotischer Liebesroman

Kapitel 1

Susanne Jansen stand an ihrem Bürofenster und schaute in den grauen Himmel. Es war ein verregneter Montag, der letzte Tag im November. Sie sah von ihrem kleinen Büro im Dachgeschoss aus direkt hinunter in die Fußgängerzone. Es waren wenig Leute zu sehen bei diesem Wetter, ganz anders als im Sommer, wo ein reges Treiben in der Passage herrschte. Die kleinen Kneipen und Cafés hatten dann ihre Tische und Stühle draußen und die Leute genossen diese autofreie Zone zum Relaxen. Hier traf man sich in der Mittagspause und auch nach der Arbeit noch auf ein Gläschen. Aber zu dieser Jahreszeit schien die Passage fast ausgestorben. Nur ein paar Passanten eilten mit ihren Regenschirmen über die Straße. Sie sah auf die vielen dunklen Dächer, die in dem Regen einen gewissen Glanz hatten. Der neu restaurierte Kirchturm ragte besonders stolz aus all den Dächern hervor. Die Kirchturmuhr schlug zur vollen Stunde und Susanne genoss das Melodienspiel, das alle drei Stunden zu hören war.

Es war dieser trostlose Monat, den Susanne nicht mochte. Außerdem war bei ihr eine Erkältung im Anmarsch und ihr war eigentlich nur danach, endlich nach Hause gehen zu können. Doch so einfach ging das nicht in ihrem Job. Vor zehn Jahren hatte sie zusammen mit ihrem Mann eine Rechtsanwaltskanzlei hier in Freiburg gegründet. Bernd Jansen spezialisierte sich auf Unternehmensgründungen, -verkäufe sowie -fusionierungen und belegte mit seinem großen Team die beiden ersten Stockwerke des kleinen Bürohauses. Sie selbst wurde in den letzten Jahren zu einer Kapazität im Scheidungsrecht und hatte sich für ihre Arbeiten ein kleines Reich im Dachgeschoss des Gebäudes eingerichtet. Das romantische Flair und die angenehmen Schwingungen dieser Räume spiegelten die Seele und den Charme der jungen Anwältin wider.

„Frau Jansen, Herr Lindner ist da", hörte sie die Stimme ihrer Sekretärin Maria. Maria war schon seit der ersten Stunde ihre rechte Hand gewesen und in all den Jahren auch eine gute Freundin geworden.

„Führen Sie ihn bitte in das Besprechungszimmer, Maria, ich komme sofort. Sie können dann übrigens Feierabend machen." Dieser Termin war für heute ihr letzter und danach konnte auch sie endlich Feierabend machen. Noch einen kurzen Blick in den Spiegel, bevor sie sich auf den Weg machte.

„Guten Tag Herr Lindner, ich bin Susanne Jansen." Sie reichte ihm die Hand und schaute dabei in ein Paar große, dunkelbraune Augen.

„Hallo Frau Jansen. Sie wurden mir als Scheidungsspezialistin empfohlen und eine solche brauche ich jetzt ganz dringend. Vielleicht könnten wir gleich zur Sache kommen?"

Da sie überwiegend Frauen in Scheidungsangelegenheiten vertrat, genoss sie diese Abwechslung, nun auch mal einem Mann zur Seite stehen zu können. Das Gespräch verlief sehr sachlich, aber nicht kühl. Markus Lindner war ein sehr sportlicher Mann, mit schon leicht ergrauten Schläfen. Er trug einen elegant geschnittenen, hellgrauen Anzug sowie ein dunkelblaues Hemd und passende Krawatte. Sein Rasierwasser hatte einen herben Charakter, passend zu seiner gesamten Ausstrahlung. Susanne wusste nicht genau, was sie an diesem Mann so anzog, aber es lag eine gewisse Spannung in der Luft, die nichts mit der Scheidungssache zu tun hatte. Was für ein Typ von Mann, dachte sie. Ein ganz anderer Typ als ihr eigener Mann.

„Hallo, Frau Jansen, hören Sie mir eigentlich noch zu?" Markus Lindner genoss diese Situation. Er schaute in ihre Augen und fing herzlich an zu lachen. Lachen gehörte eigentlich schon seit einiger Zeit nicht mehr zu seinem Tagesrhythmus. Seit seine Frau sich vor über einem Jahr wegen eines anderen von ihm getrennt hatte, saß er oft alleine zu Hause und grübelte über die Ungerechtigkeiten auf dieser Welt nach. Markus Lindner konnte sich finanziell alles leisten. Sein Unternehmen lief auch ohne ihn sehr gut und er hätte überhaupt kein Problem damit gehabt, sofort eine neue Frau an seiner Seite zu haben. Wer ihn aber persönlich kannte, der wusste genau, dass er ein Mann war, der noch an die wahre Liebe glaubte.

„Entschuldigung, ich war ganz in Gedanken. Normalerweise bin ich immer konzentriert, aber heute … Ich denke, wir haben auch alles so weit besprochen, ich werde die Klageschrift vorbereiten und sie Ihnen zukommen lassen. Danach können wir gerne einen neuen Termin vereinbaren. Einverstanden?" Susanne wollte nur eins, dieses Gespräch so schnell wie möglich beenden. Ihr Herz schlug bis zum Halse und sie hatte das Gefühl, jeden Moment ohnmächtig werden zu müssen.

„Selbstverständlich bin ich einverstanden. Ich freue mich schon darauf, Sie wiederzusehen." Er nahm fast zärtlich ihre Hand, schaute ihr noch einmal lächelnd in die Augen, dann drehte er sich um und verließ den Raum.

Susanne stand da wie angenagelt. Es dauerte einige Zeit, bis sie langsam die Akte „Lindner" aufnahm und in ihr Büro zurückging. Sie ließ sich in ihren bequemen Chefsessel fallen, schloss die Augen und versuchte, etwas Klarheit in ihr Gefühlschaos zu bringen. Sie erinnerte sich daran, wie sie ihren Mann kennengelernt hatte. Es war vor einigen Jahren gewesen, auch an einem verregneten Novembertag. Sie kam völlig durchnässt und viel zu spät zur Uni, weil sie ihren Bus verpasst hatte. Der Professor hatte mit seinem Vortrag schon begonnen, als sie ganz leise den Raum betrat. Sie wusste, dass dieser alte Herr es überhaupt nicht mochte, wenn man zu spät kam, und man dann auch sofort von ihm getadelt wurde. Sie konnte sich noch sehr gut an seine Worte erinnern, als er sie beim Reinschleichen bemerkte. „Junges Fräulein, wer zu spät kommt, sitzt zur Strafe direkt bei mir, hier in der ersten Reihe!" Ein Stuhl war vorne noch frei und auf diesen setzte sie sich dann auch ganz schnell, mit hochrotem Kopf. Es dauerte nicht lange, da fing sie auch schon an zu niesen. Der junge Mann an ihrer rechten Seite schob ihr, mit einem Lächeln im Gesicht, ein Päckchen Tempotaschentücher rüber und das war der Beginn einer großen Liebe. Es verging kein Tag, an dem sie sich nicht sahen, und ein Jahr später heirateten sie. Ein weiteres Jahr später eröffneten sie die Kanzlei und es stellte sich heraus, dass dies ein sehr guter Schritt gewesen war. Die Karriere stand für beide an erster Stelle und der Erfolg ließ auch gar nicht lange auf sich warten. Finanziell ging es sehr schnell aufwärts, sodass sie sich ein schönes Häuschen in der Nähe von Freiburg unweit eines kleinen Sees kaufen konnten. Das Häuschen war ganz ruhig auf einer kleinen Anhöhe gelegen und manchmal konnte man die Abendsonne im Wasser untergehen sehen.

Das Haus war sehr romantisch eingerichtet. Die Innenausstattung überließ Bernd Jansen gerne seiner Frau. Natürlich waren auch hier zwei Büroräume vorhanden. Oft saßen sie beide dort bis tief in die Nacht hinein und erledigten ihre Schriften.

Plötzlich schreckte Susanne auf. Es war dunkel in ihrem Büro, war sie etwa eingeschlafen? Sie knipste die Schreibtischlampe an, schaute auf die Uhr und stellte fest, dass sie tatsächlich zwei Stunden eingeschlafen sein musste. Eilig packte sie ihre Sachen zusammen, knipste das Licht aus und fuhr nach Hause.

Ihr Mann war heute Abend bei einem Geschäftsessen, sodass sie sich einfach mal etwas Ruhe gönnen konnte. Nachdem sie ein heißes Bad genommen hatte, machte sie sich in der Küche ein Wurstbrot und einen Früchtetee. Damit setzte sie sich gemütlich vor den offenen Kamin, der mittlerweile schon eine angenehme Wärme ausstrahlte. In Momenten wie diesen fing sie an zu grübeln. Sie stellte sich, wie schon einige Male in der letzten Zeit, die Frage, ob ihr Mann und sie sich auseinander gelebt hatten. Gespräche fanden nur noch mit geschäftlichen Themen statt, das Liebesleben war mehr Pflicht als Spaß und ein zärtlicher Kuss zwischendurch fand nur noch als Show bei irgendwelchen geschäftlichen Anlässen statt. Demonstrierte man das perfekte und glückliche Ehepaar nur noch nach außen hin? Wenn Susanne auf ihren Wunsch nach Kindern zu sprechen kam, wurde sie von ihrem Mann immer wieder auf später vertröstet. Nun hatte sie mittlerweile schon ein gewisses Alter erreicht und den Kinderwunsch bereits aufgegeben. Aber konnte das alles gewesen sein? Was ist der Inhalt und der Sinn einer Ehe? Die Antworten fand sie auch diesmal nicht und ging deshalb unzufrieden und zweifelnd ins Bett. Sie legte eine romantische CD ein, kuschelte sich in ihre Kissen und lauschte der Musik. Die träumerisch-verliebten Klänge machten ihr bewusst, wie einsam sie sich eigentlich fühlte. Lange dachte sie darüber nach und auch über diesen wundervollen Mann mit der Akte „Lindner". Dieser Mann hatte etwas an sich, das sie sehr anzog.

Ihre Gedanken machten sich plötzlich selbstständig, Fantasien begannen zu entstehen und sie stellte sich vor, wie es sich wohl anfühlen würde, wenn er sie streicheln würde. Bei diesen Träumereien fühlte Susanne auf einmal ein leichtes Kribbeln in der Bauchgegend und sie spürte, wie ihr Puls schneller schlug. Diese erregende Anspannung war kaum zu ertragen! Sie sehnte sich nach seinen Berührungen, seinem Duft und seiner Männlichkeit. Ihr ganzer Körper war angespannt und sie fühlte, wie ihre Brustwarzen sich langsam aufrichteten. In ihrer Vorstellung nahm er ihren Kopf in beide Hände und zog ihn zu sich. Ihre heißen Lippen berührten sich und ein erregendes Prickeln durchzuckte sie, als ihre Zungenspitzen sich trafen. Er zog sie nah an sich und bedeckte ihren Hals mit Küssen, während seine Hände auf Erkundungstour gingen. Sie spürte, wie sie vor Lust zerfloss. Sein Atem erreichte stoßweise ihr Ohr und die kleinen Härchen an ihrem Körper begannen sich überall aufzurichten. Ihre Hände ersetzten die Berührungen von ihm, nach denen sie sich so sehnte. Ihre Finger umspielten ihr Herzstück und sie musste sich beherrschen, um vor Verlangen nicht laut aufzuschreien. Sie fühlte die Feuchtigkeit ihrer Klitoris und bebte leicht vor Begierde. Wie sie es genoss, ihm in Gedanken so nahe zu sein. Ihr Körper spannte sich, sie bäumte sich auf und stöhnte laut, als ein Gefühl der wohligen Entspannung durch ihren Körper strömte. Sie genoss dieses Gefühl noch eine ganze Zeit lang, bevor sie dann in einen wunderschönen Traum fiel.

Kapitel 2

Es war kurz nach 7.00 Uhr, als Susanne aufwachte. Das Bett neben ihr war leer. Sie war es mittlerweile gewohnt, des Öfteren alleine aufzuwachen. Wenn die Geschäftsbesprechungen ihres Mannes länger dauerten, dann übernachtete er im Büro. Für solche Zwecke hatte sie extra einen kleinen Nebenraum im Dachgeschoss des Bürohauses gemütlich eingerichtet. In letzter Zeit häuften sich allerdings die überlangen Geschäftsbesprechungen. Doch Susanne vertraute ihrem Mann und machte sich deshalb keine weiteren Gedanken mehr.

Kurz nach 9.00 Uhr traf sie wie immer sehr gut aussehend, perfekt gestylt und gut gelaunt in der Kanzlei ein. „Einen wunderschönen guten Morgen alle zusammen. Wo finde ich denn meinen Mann?"

„Ich piepse ihn über sein Calling an, dann ist er gleich da", rief seine Sekretärin ihr zu.

„Sagen Sie ihm bitte, dass ich oben in meinem Büro bin und dort auf ihn warte." Susanne ging nach oben und begrüßte zuerst Maria. Da kam auch schon ihr Mann hereingeschneit, etwas nervös, so schien es ihr. „Guten Morgen Susanne, du hast mich anpiepsen lassen?"

„Guten Morgen, mein Schatz." Susanne ging strahlend auf ihren Mann zu, streckte ihm ihr kleines Kinn entgegen, spitze die Lippen und wartete auf ein Guten-Morgen-Küsschen. „Habe ich den Kuss eben nur geträumt oder haben deine Lippen mich wirklich berührt?", fragte sie etwas irritiert.

„Entschuldigung, aber ich habe nicht viel geschlafen, bin total übermüdet und habe heute noch einen anstrengenden Tag vor mir. Es kann sein, dass ich auch heute Nacht nicht nach Hause kommen kann." Bernd Jansen schien wirklich nervös und verabschiedete sich hastig von seiner Frau, als er über den Piepser in sein Büro gerufen wurde. Susanne schaute ihm ein wenig traurig nach, machte sich aber dann an ihre Arbeit, um den Schriftsatz der Akte „Lindner" fertigzustellen.

Der ganze Tag verlief sehr ruhig. Es ging für sie nur zweimal das Telefon, die anderen Anrufe wurden vorab schon von Maria erledigt. Über einen Anruf freute sich Susanne aber besonders. Er kam von ihrer Freundin Jenny Olsen. Sie hatte Jenny vor ein paar Jahren in einem Seminarhotel kennengelernt, wo sie mit ihrem Mann zusammen auf einem Anwaltskongress gewesen war. Jenny malte Ölbilder und hatte im Foyer des Hotels ihre erste Bilderausstellung. Susanne interessierte sich bereits seit ihrer Kindheit für die Malerei und somit kamen sie beide dann auch sehr schnell ins Gespräch. Seitdem waren sie sehr eng befreundet und einmal im Jahr besuchten sie sich. Jenny lud sie für das nächste Wochenende ein, da sie am Freitag wieder mal eine Ausstellung hatte und sie Susanne gerne dabei haben wollte. Jenny hatte ein kleines Häuschen in einem noch kleineren Bergdörfchen, weit oben in den Schweizer Alpen. Da dort bereits Schnee lag, würde die Fahrt zu ihr mehrere Stunden dauern, sodass sie bereits am Donnerstag hinfahren würde. Susanne freute sich schon sehr, ihre Freundin wiederzusehen, aber vorher musste sie noch die Klageschrift mit Markus Lindner durchsprechen.

„Maria, würden Sie bitte Herrn Lindner anrufen und einen Termin für morgen vereinbaren? Und vermerken Sie bitte in Ihrem Terminbuch, dass ich am Donnerstag und Freitag nicht im Hause bin."

Oh wie schön, dachte sich Susanne, drei Tage ausspannen und relaxen, ein herrliches Gefühl. Susanne träumte ein bisschen vor sich hin, bis die Stimme von Maria ihre Gedanken unterbrach.

„Der Termin mit Herrn Lindner ist morgen Mittag um 17.00 Uhr in seinem Büro, da er aus bestimmten Gründen leider nicht hierher kommen kann. Ist das in Ordnung für Sie, Frau Jansen?" Heute war für sie alles in Ordnung. Selbst ein Hurrikan hätte ihre gute Laune heute nicht verderben können. Und Bernd Jansen machte fast einen glücklichen Eindruck, als er von Susanne erfuhr, dass sie für drei Tage ihre Freundin besuchen würde.

Pünktlichkeit stand bei Susanne an erster Stelle und so war sie bereits kurz vor 17.00 Uhr am Empfang des Lindner-Konzerns. Eine sehr elegant gekleidete, junge Frau führte sie durch die Chefetage bis vor die Bürotür. Susanne schaute vorab noch mal kurz in den großen Spiegel an der Wand und war mit dem, was sie da sah, doch sehr zufrieden. Sie hatte keine Modelfigur, aber das wollte sie eigentlich auch gar nicht. Ihre weiblichen Kurven waren an den richtigen Stellen und strahlten eine gewisse Gemütlichkeit aus. Sie trug einen dunkelblauen Hosenanzug mit einem schmalen, goldenen Gürtel und passende Pumps. Das Halskettchen, mit einem kleinen Brillanten versehen, brachte ihr schönes Dekolleté noch mehr zur Geltung. Ihr schwarzes, kurzes Haar und der raffinierte Schnitt gaben ihrem Gesicht einen leichten lausbubenhaften Charme. Das Spitzbübige konnte sie auch mit ihrem sehr dezenten Make-up und dem leicht roséfarbenen Lippenstift nicht mindern.

„Herr Lindner lässt bitten." Mit diesen Worten öffnete die junge Frau die Bürotür und bat sie hinein. Markus Lindner kam lächelnd auf sie zu, streckte ihr die Hand entgegen und begrüßte sie. Susanne hatte das Gefühl, als ob ihr der Boden unten den Füßen weggezogen würde. „Ich freue mich sehr, Sie so schnell wiederzusehen, Frau Jansen. Möchten Sie einen Kaffee oder lieber einen Tee?"

„Einen Kaffee, wenn es Ihnen nicht zu viele Umstände bereitet."

Susanne schlug die Akte auf und dann folgte ein Gespräch, wie es ihre Klienten eigentlich auch gewöhnt waren. Sachlich, präzise, ohne Umschweife, aber dennoch mit einem gewissen Schlag Humor und vor allem mit großem Einfühlungsvermögen. Susanne wusste genau, wie sie gerade diese immer wieder mit intimen Informationen angefüllten Gespräche führen musste. Besonders im Bereich Scheidung waren die Klienten sehr verletzlich und Susanne musste einen Mittelweg finden, alle wichtigen Hintergründe zu erfahren, aber ohne die schon vorhandenen Wunden immer wieder neu aufzureißen. Nach 3 Stunden war der Inhalt der Klageschrift durchgesprochen und konnte somit für das Gericht fertiggestellt werden.

„Dürfte ich Sie morgen zum Abendessen einladen?", fragte Markus Lindner mit einem Blick, der mehr als nur geschäftliches Interesse verriet.

„Ihrer Einladung würde ich gerne folgen, aber ich besuche morgen für 3 Tage eine Freundin und diesen Besuch möchte ich nicht absagen." Susanne bedauerte es, aber die Freude auf Jenny war einfach zu groß.

„Das ist wirklich sehr schade, aber aufgeschoben ist ja nicht aufgehoben, oder?" Seine Augen forderten eine Antwort.

Susanne, äußerlich ruhig, innerlich aber wie ein Vulkan, lächelte zaghaft. „Stimmt! Wir können am Montag ja mal zusammen telefonieren und verschieben unser Date einfach auf die nächste Woche, okay?"

Er nickte zustimmend, drückte ihre Hand länger, als er es gewöhnlich tat, und begleitete sie zur Tür. Susanne drehte sich zu ihm um und schaute in seine dunkelbraunen Augen. Dann spürte sie seine warmen Lippen auf den ihrigen. Es war ein ganz zarter, fast schon zu zärtlicher Kuss. Susanne atmete tief ein und spürte, wie sich die Wellen der Gefühle durch ihren ganzen Körper hindurch bewegten. Wenn ich mich jetzt nicht gegen diese Gefühle wehre, ist es zu spät, dachte sie, ließ einen irritiert blickenden Mandanten zurück und lief überstürzt zur Treppe. Nur weg von hier, nur weg von diesem Mann, der anfing, ihre Gefühle total aus dem Gleichgewicht zu bringen. Ihre Gedanken überschlugen sich: Was ist nur los mit mir? Warum macht mich dieser Mann so willenlos? Schließlich bin ich verheiratet und auch glücklich verheiratet. Oder nicht? Susanne wusste nicht mehr genau, wie sie nach Hause gekommen war. Sie wusste nur eins, dass sie diesen Mann so schnell nicht mehr treffen durfte. Sie würde diesen Fall abgeben an ihre Anwaltskollegin Mareike Gröninger. Ja, sie würde alles tun, um jeder Begegnung aus dem Weg zu gehen. Mit dieser persönlichen Vorgabe fuhr sie dann am nächsten Tag frohgelaunt zu Jenny.

Kapitel 3

Die Fahrt verlief ohne große Staus, sodass Susanne auch nach ihrer geschätzten Fahrzeit in dem kleinen Bergdörfchen ankam. Sie genoss es jedes Mal aufs Neue, wenn sie die kleinen Häuschen sah, sobald sie über den Bergkamm drüber war. Der Winter war hier schon eingekehrt und man kam sich vor, als fahre man direkt ins Paradies hinein. Alle Dächer waren in Schnee eingehüllt, die Straßen glichen einer Schneepiste und hier und da sah man auch eine Gruppe Kinder, die einen Schneemann bauten. Obwohl es sich mit seinen ca. 100 Einwohnern nur um ein sehr kleines Dörfchen handelte, gab es einen Bäcker, einen Metzger, einen kleinen Supermarkt, ein Gasthaus und eine ganz kleine Kirche. Hier herrscht noch der Frieden, den sich eigentlich jeder Mensch so wünscht, dachte Susanne, als sie die Dorfstraße hinauffuhr. Das Haus von Jenny lag am Ende des Orts, etwas oberhalb. Aus dem Schornstein sah man Rauch emporsteigen, was bedeutete, dass Jenny zu Hause war.

„Ja Grüezi, herzlich willkommen!", rief Jenny schon von Weitem, als sie Susanne den Weg heraufkommen sah. Jenny nahm Susanne schwesterlich in den Arm und drückte sie. „Du siehst ja richtig gut aus."

„Danke schön, Jenny. Du siehst aber auch verdammt gut aus mit deiner neuen Haarfarbe." Susanne bewunderte Jenny und diese Bewunderung war ein aufrichtiges Gefühl.

„Komm mit rein, der Kamin brennt schon und der Kaffee läuft gerade durch. Erzähl, was gibt es Neues bei dir?" An Jennys Neugierde hatte sich nichts geändert. Sie war wie ein Bach, der überläuft, und ihr Temperament war nicht zu bremsen. Somit kamen ihr auch immer wieder neue Gedanken und Ideen, die sie dann in ihrer Malerei umsetzte. Beim Malen war Jenny sehr in sich gekehrt und meist geistesabwesend. Es gab in diesen Momenten nur sie und ihre Staffelei. Mit dem Malen hatte Jenny vor ein paar Jahren begonnen, nachdem sie ihren Mann durch einen Autounfall verloren hatte. Sie hatte noch eine Schwester, die in Südamerika lebte, und einen älteren Bruder. Aber über ihre Geschwister hatte Jenny nie viel erzählt und beide hatte Susanne auch noch nicht kennengelernt.

„Na ja, das Übliche, kennst du ja. Viele Scheidungen, viel Arbeit usw." Susanne überlegte kurz, ob sie Jenny von Markus Lindner etwas berichten sollte, aber da fing Jenny schon an zu erzählen und sie hörte so schnell auch nicht mehr auf.

Jenny war 35, aber vom Äußeren her ein ganz anderer Typ als Susanne. Sie war groß, schlank und hatte lange, dunkelbraune Haare. Mit der neuen Haarfarbe hatte sie das Dunkelbraun in ein Mahagonirot verwandelt. Mit Bernd Jansen verstand Jenny sich nicht so gut. Sie fand ihn arrogant, gefühllos und überheblich. Es war somit klar, dass über Susannes Ehemann nur das Notwendigste gesprochen wurde. Jenny erzählte von ihrer bevorstehenden Ausstellung. Ca. 150 Gäste erwartete sie, darunter auch Bürgermeister, Kulturdezernent und Presse.

„Ach und weißt du, wer sich noch angekündigt hat?", fragte Jenny, wartete aber erst gar keine Antwort ab. „Mein Bruderherz, den ich schon seit zwei Jahren nicht mehr gesehen habe. Vor zwei Wochen rief er auf einmal an und wollte mich mal wieder besuchen, einfach so. Da hab ich ihn gleich zu meiner Ausstellung eingeladen. Na ja, er ist geschäftlich sehr engagiert und kann deshalb erst morgen Abend kommen."

„Wenn ihr euch so lange nicht gesehen habt, dann bleibt er doch sicher ein paar Tage, oder? Schließlich gibt es viel zu erzählen." Susanne wartete geduldig auf eine Antwort.

„Ja, er bleibt bis zum Sonntag, aber keine Angst, er wird unser Wochenende nicht beeinflussen", sagte Jenny beruhigend. „So, und nun werden wir beide ganz gemütlich essen gehen, zum Greiner Ötzi, da gibt's heute Abend frische Schwammerl." So war Jenny, ein Hitzeblitz in allen Ecken und Langeweile, das Wort kannte sie nicht. Es wurde ein sehr schöner Abend. Jenny erzählte von ihrer neuen Liebe Garry McLion, den sie vor ein paar Wochen kennengelernt hatte. Ihn sollte Susanne bei der Ausstellung kennenlernen. Eigentlich wollte Susanne auch ein bisschen davon erzählen, was sie so in Sachen Gefühle erlebt hatte. Aber morgen war ja auch noch ein Tag.

Jenny stand schon sehr früh auf an diesem Morgen. Sie hatte noch viel zu tun, für ihre Ausstellung unten in der Stadt, die um 16.00 Uhr eröffnet werden sollte. Es war kurz nach 8.00 Uhr, als Susanne von Jenny geweckt wurde. „Guten Morgen Susanne, aufwachen, es ist so ein wunderschöner Tag. Schau mal, die Sonne geht gerade hinter den Bergen auf und dieses Traumwetter wird das ganze Wochenende anhalten."

Susanne brauchte einen Augenblick, um ihre Gedanken zu sortieren und um festzustellen, dass sie wirklich hier in dem urigen Schweizer Dörfchen war. Sie mummelte sich noch mal tief in ihr rot-weiß-kariertes Bettzeug ein und lächelte total zufrieden.

„Guten Morgen Jenny. Lass mir bitte noch einen Augenblick, du weißt doch, für mich ist das hier Genuss pur."

Jenny setzte sich auf den Bettrand. „Ich bin so froh, dass ich dich als Freundin habe. Weißt du, ich habe furchtbare Angst vor heute Abend. Es hängt so viel von dieser Ausstellung ab."

Susanne konnte mitfühlen. Sie nahm Jenny in ihren Arm und drückte sie. „Du schaffst das. Und du wirst sehen, morgen früh beim Frühstück lachst du selbst über deine Angstgedanken von heute. Außerdem bin ich ja bei dir und ich habe noch nie einen Angeklagten im Regen stehen lassen."

Nun musste auch Jenny wieder lachen. „Du hast ja recht. Was hältst du davon, wenn du dich heute um den Frühstückstisch kümmerst? In der Zeit kann ich den Schnee vorm Haus wegräumen, es hat nämlich ziemlich geschneit heute Nacht."

Susanne beeilte sich mit dem Duschen. Auf die Verschönerung mit Make-up verzichtete sie heute Morgen, dieses Programm kam erst am Nachmittag dran. Sie deckte den Frühstückstisch, kochte Kaffee, machte für jeden zwei Spiegeleier und backte die Brötchen auf. Sie genoss diese Arbeiten. Sie und ihr Mann frühstückten schon lange nicht mehr zusammen. Warum eigentlich? Nein, keine Gedanken über ihre Ehe an diesem Wochenende. Susanne ging nach draußen, um Jenny zum Frühstück zu holen. Sie schaute direkt auf die Berge, wo es aussah, als ob diese gerade die Sonne wie einen Luftballon freigegeben hatten. Es war so ein überwältigender Anblick. Der frisch gefallene Schnee glitzerte wie ein Diamantenteppich und die Luft war so rein, dass sie gar nicht genug davon bekommen konnte. Wenn das Wetter so bleibt, könnte man morgen vielleicht mal eine kleine Wanderung zu der Hütte machen, die Jenny damals gekauft hat, dachte Susanne gerade, als Jenny mit hochroten Wangen um die Ecke kam.

Obwohl Jenny etwas im Zeitdruck war, frühstückte sie in aller Ruhe, bis sie plötzlich merkte, dass es schon 11.00 Uhr war. „Jesses Marie, jetzt muss ich mich aber sputen. Ich muss noch einige Bilder aufstellen, der Partyservice wollte gegen 14.00 Uhr seine Tische usw. aufbauen, zum Friseur muss ich noch und das Zimmer für meinen Bruder muss ich auch noch herrichten."

„Immer mit der Ruhe! Das mit dem Zimmer herrichten, hier aufräumen und alles etwas in Ordnung bringen, das mache ich schon", wirkte Susanne beruhigend auf Jenny ein.

Jenny packte eilig ihre Kosmetika und Abendgarderobe zusammen. Sich umziehen und sich schminken, das konnte sie auch bei ihrem Friseur machen, dazu brauchte sie nicht noch einmal hier hoch zu kommen. Diese 30 Autominuten hin und wieder zurück konnte sie einsparen. Jenny gab Susanne noch ein Küsschen und weg war sie.

Susanne setzte sich noch ein wenig an den Frühstückstisch, trank noch eine Tasse Kaffee und genoss den Blick in die Berge. Sie nahm ihr Handy zur Hand und wählte die Nummer ihres Mannes. Bernd Jansen hatte seine Mobilbox angeschaltet und war somit nicht persönlich erreichbar. Susanne hinterließ ihm eine Nachricht. Sie sei gut angekommen, dass sie ein Traumwetter habe und natürlich dass sie ihn liebe. Dann widmete sie sich der Hausarbeit. Sie räumte den Frühstückstisch ab, spülte, räumte alles weg und saugte kurz durch. Anschließend ging sie nach oben, um das Zimmer für Jennys Bruder herzurichten. Wie er wohl aussehen mochte und ob er auch so eine herzliche, liebe Art hatte wie seine Schwester? Jenny hatte nie über ihren Bruder gesprochen, sodass sie nicht mal wusste, wie er hieß. Ist ja auch egal, dachte sie, ich werde ihn ja heute Abend eh kennenlernen, falls er überhaupt kommt.

Susanne entschloss sich, noch einen kleinen Spaziergang zu machen. Sie spürte, wie gut ihr diese frische Luft tat. Sie hätte noch stundenlang durch diese wunderschöne, verschneite Landschaft spazieren können, aber ein Blick auf die Uhr sagte ihr, dass es nun langsam Zeit wurde, sich fertig zu machen. Schließlich wollte sie pünktlich zur Ausstellungseröffnung da sein.

Susanne nahm ein heißes Bad und entspannte noch ein wenig. Jedoch hatte sie die Zeit im Kopf und sie musste sich nun doch so langsam mal beeilen. Sie trocknete sich ab und rieb mit dem Handtuch den Schaum weg, der zwischen ihren Schenkel herablief. Das Reiben mit dem Frotteehandtuch über ihre Spalte tat gut. Eine leichte Welle ging durch ihren Unterleib. Susanne nahm die blaue Flasche vom Regal, gab einen großen Spritzer von dem Öl in ihre Hand und verteilte diese gut riechende Lotion auf ihrem Körper. Ihre Hände begannen mit dem Eincremen und einem gleichzeitigen Verwöhnen. Sie cremte und streichelte ihre Brüste und genoss die kleinen Schauer, die sich in ihrem Körper ausbreiteten. Ihr Herz klopfte schneller. Susanne setzte sich auf den Badewannenrand. Ein Fuß stellte sie auf den Boden, den anderen auf den Wannenrand.

Ganz langsam verteilte sie die ölige Lotion über ihrem Bauch. Ihre Hände bewegten sich weiter nach unten und wie von selbst öffneten sich ihre Schenkel, immer weiter. Zärtlich strich ihr Mittelfinger zwischen ihren Schenkeln entlang und sie spürte die feuchte Wärme ihrer glatt rasierten Muschi. Sie nahm das Ölfläschchen und ließ etwas Öl direkt auf ihre Lustgrotte tropfen. Dieses tropfende Gefühl des warmen Öles ließ ihre Muschi zum Pochen bringen. Sie verrieb das Öl mit ihrer gesamten Handfläche und sie genoss das Gefühl der zarten Reibung. Ganz zart massierte sie ihren Kitzler, rieb wieder mit der gesamten Handfläche, um dann wieder zum Massieren der Lustperle zu wechseln. Es dauerte nicht lange bis ein kleine Explosion ihren Körper zum Beben brachte. Sie hielt die Augen noch eine Weile geschlossen und genoss diese Wellen der Entspannung.

Überhaupt genoss sie es sehr, sich selbst zu streicheln und zu verwöhnen. Sicher hätte sie sich noch etwas länger verwöhnt, wenn die Zeit nicht drängte.

Sie rieb mit dem Handtuch ihre nasse Grotte trocken, rubbelte nochmal über ihren Kitzler und war fast davor, das Verwöhnspiel doch noch weiter auszudehnen. Aber dazu fehlte jetzt definitiv die Zeit und das wusste sie.

Dann setze ich das erotische Spielchen halt heute Abend im Bett fort, kam ihr der Gedanke und sie strich sich mit ihrem Finger sinnlich über ihre Lippen. Dann legte sie ein zartes Make-up auf, betonte ihre Augen mit einem in Gold glänzenden Lidschatten und wählte einen Lippenstift, der sehr verführerisch wirkte. Ihr Kleid war ein knöchellanges, elegantes Samtkleid mit goldenen Applikationen. Zum Schluss zog sie noch ihr Halskettchen mit dem Brillanten an und passend dazu die goldenen Ohrringe.

Kapitel 4

Es war eine Minute vor 16.00 Uhr, als sie endlich im Foyer der Ausstellungsräume ankam. Es hatte wieder angefangen zu schneien und war somit sehr glatt geworden. Deshalb hatte Susanne extrem vorsichtig und auch langsam fahren müssen. Aber jetzt war sie ja da. „Oh Gott, ich dachte schon, du kommst gar nicht mehr", kam Jenny aufgeregt auf sie zu. „Schnell, komm, der Bürgermeister wird gleich die Eröffnungsrede halten." Jenny sah nicht gut aus, sondern einfach umwerfend. Die Blicke der Männer blieben förmlich an ihr kleben, aber vor lauter Aufregung bemerkte sie das gar nicht. Die einzelnen Reden waren gut, präzise und vor allem nicht zu lang, sodass sich die Gäste nach kurzer Zeit bereits den Bildern widmen konnten.

„Einen schönen guten Abend, Frau Jansen. Mein Name ist Garry McLion und Jenny bat darum, dass ich mich selbst bei Ihnen vorstelle." Garry streckte ihr die Hand entgegen und grinste sie frech an. Ja, dieser Typ passte zu Jenny. Er sah sehr gut aus und er hatte auch diese lockere, lustige Art wie Jenny.

„Hallo Garry. Nett, Sie kennenzulernen. Jenny hat mir ja schon so Einiges von Ihnen erzählt."

„Ich hoffe nur Positives, oder?" Sein Blick war gespielt fragend, denn er wusste genau, dass es nur Positives war. Jenny war wieder im siebten Himmel, seit sie Garry kannte. Lange, viel zu lange war sie nach dem Tod ihres Mannes alleine geblieben. Sie hatte Angst gehabt, eine neue Beziehung aufzubauen, Angst, wieder jemanden, den sie liebte, zu verlieren.

Garry wurde von Jenny gerufen, sodass Susanne nun die Zeit nutzen konnte, sich die Bilder mal ganz in Ruhe anzusehen. Im hinteren Teil des Gebäudes war ein kleiner Wintergarten angebaut, der nicht zu den Ausstellungsräumen gehörte. Trotzdem stand dort ein Bild. Es war das erste Bild, das Jenny nach dem Tod ihres Mannes gemalt hatte. Man sah einen Engel, der aus den Wolken herausschaute, und der Blick dieses Engels strahlte sehr viel Liebe und Wärme aus. Jenny hatte dieses Bild wieder aus der Ausstellung herausgenommen, weil angeblich zu wenig Platz war. In Wahrheit aber kamen bei ihr zu viele Erinnerungen hoch, als sie das Bild platzierte, und es hätte ihr zu weh getan, wenn es jemand hätte kaufen wollen. Susanne stand in dem spärlich beleuchteten Wintergarten, wo zwei dicke Kerzen ein wenig Licht spendeten. Sie schaute hinaus in den angrenzenden Park. An den großen Tannen war schon die Weihnachtsbeleuchtung angebracht und die Lichter strahlten fast um die Wette. Der Park sah aus, als ob er in weiße Watte gehüllt wäre, und es schneite und schneite. Susanne stand ganz verträumt und in Gedanken versunken da, bis sie eine wohltuende, leise Stimme hinter sich hörte.

„Guten Abend Susanne."

Susanne dachte zuerst, sie träume immer noch. Doch dann drehte sie sich um und schaute in zwei wundervolle, dunkelbraune

Augen. „Markus, du?"

Ganz selbstverständlich war sie zum „Du" übergegangen. Markus nahm ihr Gesicht in seine Hände und küsste ganz zärtlich ihren Mund. Seine Lippen berührten kaum die ihrigen, was das Verlangen, ihn zu spüren, nur noch verstärkte. Er streichelte ihre Wangen, ließ seine Finger an ihrem Hals hinuntergleiten und küsste sie noch einmal, diesmal mit wesentlich mehr Leidenschaft als bisher. Sie spürte seine warme Zunge und konnte nicht anders, als diesen Kuss zu erwidern. „Was habe ich dich vermisst, meine Kleine", hauchte Markus ihr ins Ohr. Sie spürte seinen heißen Atem an ihrem Hals und ihr Herz klopfte, dass es fast schon weh tat.

„Was machst du hier?", fragte sie ganz leise, als sie sich ein wenig von diesem schönen Schock erholt hatte.

„Jenny ist meine Schwester. Als sie mir kurz bevor du kamst erzählte, dass sie noch dringend auf ihre Freundin „Susanne Jansen" wartet, bat ich sie, dir nichts von mir zu sagen und auch nicht, dass ich schon da bin."

„Na, diese Überraschung ist dir ja wirklich gelungen. Aber du weißt genau wie ich, dass dies zwischen uns alles nicht sein darf und ..."

Markus verschloss ihren Mund mit einem weiteren, sehr langen, unsagbar zärtlichen Kuss. Er hielt sie ganz fest in seinen Armen, als ob er sie nie mehr loslassen wollte. Susanne legte ihren Kopf an seine Schulter. Sie fühlte sich sehr wohl in seiner Nähe, aber sie wusste auch, dass es keine Zukunft für sie und Markus geben konnte. Sie liebte doch ihren Mann, auch wenn er sich in letzter Zeit nicht sehr viel um sie gekümmert hatte. Doch das würde mit Sicherheit alles wieder anders werden, im Moment hatte er bestimmt nur zu viel Arbeit. Tief im Inneren wusste sie aber, dass sie sich selbst etwas vormachte. Am liebsten hätte sie jetzt geweint, doch dazu war sie zu stolz. Nein, dies alles durfte nicht passieren. Sie rief sich innerlich selbst zur Ordnung und löste sich aus seiner Umarmung.

„Wir müssen vernünftig sein", ermahnte sie. „Du stehst in einem Scheidungskampf und ich bin glücklich verheiratet. Bitte akzeptiere das! Und nun ist es besser, wir gehen wieder zur Ausstellung zurück."

Susanne taten ihre eigenen Worte weh, aber sie hatte so große Angst und wusste nicht einmal genau, wovor. Markus nickte, äußerte sich aber nicht weiter hierzu. Schweigend mischten sie sich wieder unter die Gäste.

„Einen wunderschönen guten Abend, Frau Jansen, darf ich mich vorstellen, ich bin der Bürgermeister, Franz Senniger. Frau Olsen sagte mir, dass Sie eine Freundin sind und aus Freiburg kommen. Ich habe viele Jahre in Freiburg studiert."

„Na, das ist ja ein Zufall. Wie lange ist das her?"

Susanne und der Bürgermeister fanden zu einem langen, sehr interessanten Gespräch und bemerkten gar nicht, wie sich die Ausstellung allmählich leerte. Es war schon weit nach

Mitternacht, als auch die letzten Gäste sich verabschiedet hatten.

„Nimmst du meinen Bruder mit nach oben, dann fahren Garry und ich mit dem anderen Auto hoch", fragte Jenny schon sichtlich müde.

„Na ja, bleibt mir ja wohl keine andere Möglichkeit, oder?" Susanne wollte eigentlich gerade solche Situationen vermeiden. Während des ganzen Abends hatten sich ihre und seine Blicke immer wieder getroffen und jedes Mal war es für Susanne wie ein Stich ins Herz. Aber sie musste stark bleiben.

Dennoch ertappte sie sich immer wieder dabei, wie sie sich viel zu oft einen Blick auf seinen muskulösen Oberkörper gönnte. Sie stellte sich vor, seine Haut zu berühren, sie hörte sein leises Lachen, als er sie in die Arme nimmt, fühlte seine Küsse, die sie völlig wahnsinnig machten. Ihr brennendes Verlangen, ihn ganz nah zu spüren...

Es sind neue Gefühle in ihr, sie sind warm und fühlen sich wirklich gut an. Anderseits möchte sie sich dagegen wehren, denn das Gefühl wird immer stärker. Ihr Puls rast, und nicht nur ihr Herz klopft verdammt verdächtig. Herrgott, komm schon, beherrsch dich..., sagte sie zu sich selbst.

Die Autofahrt verlief ganz ruhig. Jeder war mit seinen eigenen Gefühlen und Gedanken beschäftigt. Da alle doch sehr müde waren, beschloss man, direkt schlafen zu gehen. Das Schlafzimmer von Jenny lag im Erdgeschoss, die beiden

Gästezimmer befanden sich oben im Dachgeschoss.

„Wenn ihr zusammen nach oben geht, kann ich von hier unten aus das Licht löschen", sagte Jenny und gähnte laut.

Susanne und Markus stiegen die Treppe nach oben. Der Mond schien direkt durch das Dachfenster, somit war es nicht allzu dunkel und man konnte ganz gut auf das künstliche Licht verzichten.

„Eine gute Nacht wünsche ich dir, Susanne", hörte sie Markus leise sagen.

„Das wünsche ich dir auch, Markus." Sie wusste, dass es jetzt besser wäre, ihm nur die Hand zu geben. Aber ihre Gefühle für ihn waren einfach zu stark. Sie hauchte ihm einen zärtlichen Kuss auf die Wange, drehte sich dann aber doch um und ging in ihr Zimmer. Markus hätte sie am liebsten in den Arm genommen, aber er fühlte, dass er sie jetzt nicht bedrängen durfte. Er ging in das für ihn hergerichtete Gästezimmer, zog sich aus und legte sich ins Bett. Der Gedanke, dass die Frau, die er so liebte, ihm so nah und doch so fern war, machte ihn fast verrückt. Damals in Susannes Büro, in dem Augenblick, als er ihr das erste Mal in die Augen sah, verliebte er sich Hals über Kopf in sie. Seitdem ist keine Stunde vergangen, in der er nicht an sie denken musste. Er kämpfte mit sich. Wie gerne würde er jetzt zu ihr gehen, sie in den Arm nehmen und ihre warmen, weichen Lippen spüren. Er sehnte sich nach ihrem Duft, nach dem Klang ihrer Stimme und er hatte großes Verlangen danach, ihren ganzen Körper zu spüren.

Auch wenn es ihm schwerfiel, dem Verlangen standzuhalten, so wusste er doch, wenn das Schicksal sie zusammenführen wollte, dann würde es auch geschehen.

Susanne lag ebenso wach in ihrem Bett und ihre Gefühle für Markus wuchsen mit jeder Minute mehr. Sie hatte eine fast unbändige Sehnsucht nach ihm und dennoch kämpfte sie mit allen Mitteln dagegen an. Immer wieder sagte sie zu sich selbst: „Es darf einfach nicht sein." Aber dieser Satz kam überhaupt nicht in ihrem Inneren an. Irgendwann schlief sie dann doch, mit einigen Tränen, erschöpft ein.

Kapitel 5

„Frühstück ist fertig, kommt ihr bitte nach unten?", rief Jenny laut nach oben.

Susanne war noch etwas unausgeschlafen, aber irgendwie doch sehr ausgeglichen. Irgendetwas war in dieser Nacht mit ihrer inneren Gefühlswelt passiert. Sie hatte einen wunderschönen Traum gehabt, in dem sie nicht mehr gegen ihre eigenen Gefühle ankämpfte, sondern sie leben ließ. Dieser Traum tat ihr so gut, dass sie für sich beschloss, dieses Wochenende einfach zu genießen. Schnell hüpfte sie unter die Dusche, legte ein dezentes Make-up auf, zog ihre Jeans an, einen lässig, weiten Pulli drüber und ging frohgelaunt nach unten.

„Guten Morgen ihr Lieben, wie habt ihr geschlafen?", fragte Susanne in die Runde und schenkte Markus dabei ein Lächeln, dass es ihm ganz warm ums Herz wurde.

„Für mich war die Nacht viel zu kurz", sagte Garry mit einem grinsenden Gesicht und küsste ganz galant Jennys Hand. Man sah den beiden an, dass sie sich wirklich sehr lieb hatten.

„Garry, ich bitte dich, was sollen denn unsere Gäste denken!" Jenny versuchte, empört zu wirken, musste dann aber selbst lachen.

Das Frühstück wurde zeitlich sehr ausgedehnt, man hatte sich schließlich sehr viel zu erzählen. So erfuhr Jenny nun auch, dass ihr Bruder in Scheidung lebte und Susanne seine Anwältin war.

Es war schon fast 10.00 Uhr, als Jenny an den schönen Tag erinnerte. „Wollen wir etwas zusammen unternehmen? Das Wetter soll bis zum frühen Abend so schön bleiben, danach haben sie wieder Schnee gemeldet."

„Was schlägst du vor?", fragte Susanne, die sich gerade noch einen Kaffee einschenkte.

„Wir könnten zur Hütte hochgehen, uns dort eine Kleinigkeit zu essen machen und am Nachmittag mit der Seilbahn wieder runterfahren."

Begeistert stimmten alle zu und gingen somit auch dann gemeinsam an die paar Hausarbeiten. Gerade als sie das Haus verlassen wollten, klingelte das Telefon. Jenny nahm den Hörer ab. Das Gespräch verlief fast wortlos, dennoch spürte man an Jennys Stimme eine freudige Erregung.

„Leute, was glaubt ihr, wer das war? Toni Stein, der wichtigste Mann im Pressebereich Kultur und Kunst. Er will sich mit mir treffen, weil ich an der internationalen Bilderausstellung in Graz mit dabei sein soll. Was sagt ihr jetzt?" Jenny war außer sich vor Freude.

„Wann wollt ihr euch denn treffen?", fragte Garry.

„Tja, eigentlich jetzt gleich. Würde es euch beiden etwas ausmachen, alleine zur Hütte zu gehen, und Garry kommst du mit mir?" Jenny blickte fragend in die Runde.

Ehe Susanne und Markus darüber nachdenken konnten, hatten sie auch schon den Schlüssel von Jennys Hütte in der Hand und sahen nur noch ihr kleines, rotes Auto davonfahren.

„Na, dann wollen wir mal, wenn wir bis Mittag an der Hütte sein wollen", unterbrach Markus die winterliche Stille und begann, sich in Bewegung zu setzen.

Markus wusste, dass man die Hütte nach ca. zwei Stunden Fußmarsch erreichte, denn er war vor vielen Jahren bereits mal dort gewesen. Der Aufstieg war nicht zu anstrengend, sodass sie sich gut unterhalten konnten. Sie kamen von einem Thema zum anderen und stellten dabei fest, wie viele Gemeinsamkeiten sie doch hatten. Markus erzählte ihr von der Zeit, als er die Firma seines Vaters übernommen hatte und welche Schwierigkeiten damals auf ihn zugekommen waren, dass die Firma kurz vor dem Konkurs war und fast 100 Arbeitsplätze auf dem Spiel standen. Es waren sehr ernste Gespräche, die aber auch zeigten, welches stille Vertrauen beide zueinander hatten. Susanne fühlte sich geborgen in seiner Nähe. Sie hatte das Gefühl, als ob sie Markus schon ewig kennen würde.

Sie waren schon so einige Kilometer gelaufen und Susanne taten nun doch leicht die Füße weh. Markus blieb plötzlich stehen, zögerte einen Moment, entschied sich dann weiter für den rechten Weg. Der Wald war ziemlich dicht, dunkel und kühl. Große, verschneite Tannen bestimmten die Vegetation. So tief im Wald war es ruhig und einsam. Das Rauschen des Windes in den Wipfeln und ein leichtes Knarren waren die einzigen

Geräusche. Susanne wurde es etwas mulmig zumute. Aber sie mussten noch etwas weiter gehen, noch diesen Hang hinauf, noch ein Stück weiter nach oben. War am Ende des Weges ihr Ziel? Oder hatte Markus den falschen Weg gewählt? Markus schritt nun voraus, orientierte sich noch einmal und verließ dann den kleinen Pfad. Er brauchte nicht lange zu suchen, der Erfolg stellte sich schon sehr bald ein. Dort stand die Hütte, unberührt und in ansehnlicher Größe. Markus ging zurück, wo Susanne schon leicht zitternd vor Kälte auf ihn wartete.

„Schau, da oben liegt die Hütte", sagte Markus sichtlich erleichtert, nach so vielen Jahren die Hütte doch noch gefunden zu haben.

Der Anblick war enorm. Die Blockhütte stand da ganz einsam und in viel Schnee eingehüllt. Es war eine kleine Veranda davor mit einem stabilen Holztisch und zwei Bänken. Nebenan war ein kleiner Holzschuppen, der mit Kaminholz gefüllt war. Etwas weiter oben sah man die Seilbahnstation.

„Kann das sein, dass die Seilbahn heute nicht in Betrieb ist?", fragte Susanne, nachdem sie gemerkt hatte, dass sich die Seile nicht bewegten.

„Keine Ahnung. Ich schlage vor, wir gehen erst mal hinein in die Hütte, lüften einmal richtig durch, machen den Kamin an und dann stapfe ich mal rüber, um nachzusehen. Einverstanden?"

„Eine sehr gute Idee. So langsam brauche ich dann auch mal was Heißes zu trinken, mich friert's nämlich ein wenig", sagte

Susanne und mummelte sich noch etwas tiefer in ihre Jacke hinein.

Die Hütte war so richtig zum Wohlfühlen eingerichtet. Auf der linken Seite befand sich eine kleine, rustikale Küchenzeile mit einer gemauerten, offenen Kochstelle. Davor war ein runder Esstisch mit vier Stühlen. Auf der rechten Seite war ein offener Kamin. Direkt davor lag ein großes Bärenfell und daneben stand eine gemütliche Sitzgruppe. Der grün-rot gemusterte Stoffbezug gab dem Ganzen eine angenehme, wohnliche Atmosphäre. Im oberen Bereich befanden sich ein kleines Bad und noch zwei weitere kleine Räume, die als Schlafgelegenheit genutzt werden konnten. Markus holte einige Holzscheite aus dem Schuppen und brachte damit das Kaminfeuer zum Brennen. Danach zeigte er Susanne die Vorratskammer, die wie immer sehr gut gefüllt war.

„So, ich werde jetzt mal zur Station hochgehen und nachschauen, was da los ist. Bis ich wieder da bin, ist mit Sicherheit auch der Kaffee schon fertig, oder?", sagte Markus spitzbübig. Dann ging er auf Susanne zu und drückte ihr zärtlich einen Kuss auf die Nasenspitze. „Nicht weglaufen, Kleines, bin glcich wicdcr da", und schon war er draußen.

Susanne schaute sich in Ruhe um. Hier könnte ich mich wirklich wohlfühlen, vor allem mit Markus zusammen, dachte sie. Gedanken an ihren Mann Bernd schob sie weit von sich weg. An ihn wollte sie jetzt nicht denken, heute nicht. Sie machte sich daran, das Wasser für den Kaffee aufzusetzen, holte den

Schinkenspeck und das Brot aus der Vorratskammer und deckte den Tisch. In der Schublade fand sie noch ein paar Kerzen, die sie mit auf den Tisch stellte und anzündete. Susanne schaute durch das kleine Fester nach draußen und sah, dass es bereits angefangen hatte zu schneien. Eigentlich war der Schneefall erst für den Abend angekündigt gewesen, aber hier in den Bergen konnte der Umschwung innerhalb von Minuten stattfinden. Langsam machte sie sich aber Sorgen. Markus war nun schon seit über zwei Stunden unterwegs. Susanne entschloss sich, den Hang ein Stück aufwärts zu gehen. Sie zog ihren Mantel und ihre Stiefel an und ging hinaus. Der Schneefall war sehr dicht und der Weg nach oben bereitete ihr große Mühe. Trotz größter Anstrengung konnte sie nichts erkennen, weder die Bergstation noch irgendwelche Lichter.

„Was machst du denn hier draußen?", kam plötzlich eine Stimme aus dem Nichts. Susanne erschrak fast zu Tode, doch es war nur Markus und sie war sichtlich froh, dass er wieder da war. Sie gingen beide zur Hütte zurück, wärmten sich ein wenig am Kamin und ließen sich dann den Speck, das Brot und den heißen Kaffee schmecken. Nun erfuhr Susanne auch, dass von der Bahn ein Seil gerissen und diese deshalb nicht in Betrieb war.

„Das heißt, wir müssen wieder zu Fuß nach unten?"

„So wie es aussieht, ja, aber wir können nicht bei diesem Schneefall nach unten gehen", sagte Markus bestimmend. „Wir werden mit dem Abstieg warten müssen, notfalls bis morgen früh."

„Du meinst doch nicht etwa, dass wir heute Nacht zusammen hierbleiben müssen?" Susanne schaute ihn mit großen Augen an.

„Hast du Angst davor, mit mir hier alleine zu sein?" Markus genoss die Situation. Er erhob sich, nahm die Flasche Wein und zwei Gläser vom Regal und setzte sich bequem aufs Sofa.

„Warum sollte ich Angst vor dir haben, ist ja wohl kindisch, oder?"

„Na also, dann setz dich her zu mir und lass uns doch einfach diesen herrlichen Rotwein zusammen genießen."

Susanne ließ sich neben Markus auf das Sofa fallen, nahm das Weinglas, das er ihr reichte, und prostete ihm zu. Markus ließ dabei seinen Blick nicht mehr von ihren Augen. Er stellte sein Glas zurück auf den Tisch, beugte sich zu ihr und nahm sie zärtlich in den Arm. Dabei zeichnete er mit seinem Zeigefinger die Konturen ihres Gesichtes nach. Es herrschte eine erotische Spannung. Man hörte nur das brennende Holz im Kamin knistern und von draußen den Wind toben. Susanne spürte, wie ihr Herz klopfte. Sie hatte plötzlich das starke Verlangen, diesem Mann ganz nahe zu sein, noch näher, als sie es in diesem Moment eh schon war. Markus nahm ihr Gesicht in seine Hände und küsste ihre warmen Lippen. Seine Zunge ging auf Wanderschaft bis zu ihren Ohrläppchen, womit sie zärtlich spielte, bis sie dann langsam den Weg weiter nach unten fand. Er ließ seine rechte Hand an ihrem Hals hinuntergleiten, ganz zärtlich bis hin zu ihrem Busen. Gekonnt öffnete er einen Blusenknopf nach dem anderen und verwöhnte sie unterdessen weiterhin mit seinem Zungenspiel. Ihm begegnete ein angenehm frischer, blumiger, Duft, das Gefühl von Busen, Größe, Form, und die festen Nippel ihrer Brustwarzen. Sie warf ihren Kopf zurück und schloss die Augen. Er streichelte etwas stärker ihre Brüste, die nun ganz ohne Verpackung vor ihm lagen. Sie beugte ihren Kopf hinab, sodass ihre Lippen die seinen berührten. Sie küsste ihn, zuerst sehr zärtlich, dann immer leidenschaftlicher. Ihre Zunge drang fordernd in seinen Mund. Er fühlte noch deutlicher ihre Nippel, während ihre Zunge sich mit seiner traf. Ihre Brustwarzen erregten ihn, forderten mehr. Er zog Susanne heftig an sich. Endlich fühlte er sie mit Haut und Haar. Susannes Atem wurde schwerer. Sie fühlte seine knetenden Hände an ihrer Taille und ließ es ohne Widerstand zu, dass er sie auf das Bärenfell hob. Markus entkleidete sie ganz langsam und mit jeder Minute wurde ihr Verlangen nach ihm stärker. Sie presste ihm die sanften Rundungen ihres Unterleibes entgegen und fühlte seine aufsteigende Erektion. Als Markus ihren Schoß mit seinen Lippen verwöhnte, konnte Susanne nur noch stöhnen und vergaß schließlich alles, was um sie herum passierte. Seine Zunge spielte mit ihren Schamlippen und umkreiste ganz zärtlich ihren Lustknopf, der mittlerweile stark angeschwollen war. Sie wand sich vor Lust und hatte nur noch das Verlangen, ihn ganz in sich zu spüren.

„Komm!", sagte sie plötzlich, nur dieses eine Wort.

„Möchtest du es wirklich?", flüsterte Markus und küsste sie.

„Ja, komm, ich möchte dich ganz in mir spüren", stöhnte Susanne und öffnete ihre Schenkel.

Endlich spürte sie ihn, tief in sich. Sie spürte seine kreisenden Bewegungen und dicht an ihrem Hals fühlte sie seinen heißen Atem. Die Leidenschaft war nicht mehr länger aufzuhalten und beide genossen im gleichen Augenblick die Wellen eines tiefen, innigen Höhepunktes. Markus vergrub stöhnend seinen Kopf in ihrer Nackenseite und ließ ganz langsam seine kreisenden Bewegungen ausklingen.

Erschöpft lagen beide auf dem Bärenfell. Markus hatte seine Augen geschlossen und hielt sie in seinem Arm. Schmunzelnd betrachtete sie den neben ihr liegenden Mann. Er wirkte fast beschützend auf sie. Sie musterte seinen Oberkörper, beobachtete einige Sekunden, wie sich sein Brustkorb beim Atmen hob und langsam wieder senkte. Markant zeichneten sich seine Gesichtszüge ab, die dunklen Augenbrauen, die Rundung seines Kinns und seine leicht geöffneten Lippen. Seine sonst immer ordentliche Frisur war etwas durcheinander geraten. Er sah fast aus wie ein Lausbub. Markus hielt die Augen weiterhin geschlossen, hatte nun aber ein Lächeln auf den Lippen. Was er wohl gerade denkt? Susanne kuschelte sich fest an ihn und genoss die zärtlichen Streicheleinheiten. Plötzlich wurde die Ruhe unsanft unterbrochen. Sie hörten von draußen ein Motorengeräusch.

„Susanne! Markus! Ich bin's, Jenny, macht doch mal bitte die Türe auf!"

Markus fluchte beim schnellen Anziehen, was bedeutete, dass diese Aktion nun noch länger dauerte als gewünscht. Und Susanne konnte auch nicht gerade behaupten, dass ihr der Besuch von Jenny jetzt im Moment sehr angenehm war.

„Gott sei Dank geht es euch gut", begrüßte Jenny die beiden. „Nachdem ich erfahren habe, dass die Seilbahn nicht funktioniert und dann auch noch der starke Schneefall kam, hab ich mir wirklich Sorgen gemacht und bin deshalb gleich mit meinem Schneemobil hier raufgefahren.«

So war Jenny, man musste sie einfach gern haben. Nachdem auch sie sich aufgewärmt hatte, entschieden sich alle drei dann doch dafür, noch an diesem Abend zusammen nach unten zu fahren. Mit dem Schneemobil war das auch kein Problem und außerdem wartete Garry unten im Haus. Es war schon fast Mitternacht, als die drei endlich an Jennys Haus ankamen. Garry hatte schon etwas Glühwein vorbereitet und nun saß man an dem kleinen Holztisch ganz gemütlich in der Küche und plauderte. Jenny erzählte von ihrem erfolgreichen Treffen mit dem Pressevertreter und dem bekannten Galeristen und auch davon, dass sie an der nächsten Ausstellung in Rom teilnehmen sollte. Sie sprühte vor Begeisterung und so fiel es gar nicht auf, dass Susanne und Markus eher etwas ruhig waren. Obwohl sie es nach außen hin nicht zeigten, baute sich zwischen ihnen ein inniges Band der Erotik auf. Ihre Blicke trafen sich wie rein zufällig, aber beide wussten, dass es kein Zufall war. Markus schaute sie mit einer gewissen Begierde an, sodass es zwischen ihren Schenkeln leicht zu kribbeln begann. Seine Augen verrieten ihr, dass er gerne noch einmal dieses erlebte Liebesspiel wiederholen wollte. Er wollte sie noch einmal fühlen, riechen und schmecken. Er wollte sie noch einmal tief und voller Leidenschaft spüren. Susanne merkte, dass sie diesem Verlangen nicht länger würde widerstehen können. Schnell und etwas überhastet wünschte sie deshalb den anderen eine gute Nacht und ging nach oben in ihr Zimmer. Sie schloss die Tür von innen ab. Nein, es durfte nicht sein, sie durfte diesem Verlangen nach diesem Mann nicht weiter nachgeben. Auch wenn es ihr noch so schwerfiel, sie durfte diesen Mann nicht wiedersehen.

Kapitel 6

Es war erst kurz nach 9.00 Uhr, als Susanne die Hauseinfahrt ihrer kleinen Villa in Freiburg hochfuhr. Sie hatte die letzte Nacht nicht schlafen können, hatte sehr viel überlegt und gegrübelt und dann entschieden, sehr früh am Morgen das Haus von Jenny zu verlassen. Sie legte auf den Küchentisch eine kurze Nachricht, worin sie sich nochmals bei Jenny bedankte und ihr versprach, dass sie sich telefonisch bei ihr melden würde. Auch Markus hinterließ sie eine Nachricht, welche sie unter seiner Zimmertür hindurchschob. Sie hatte Tränen in den Augen, als sie diese Zeilen schrieb, aber sie wusste, dass es die einzig richtige Lösung war.

Lieber Markus,

wenn du aufwachst, werde ich schon fast zu Hause sein. Es fällt mir sehr schwer, diese Zeilen zu schreiben, aber wir werden uns nicht mehr sehen. Ich bereue unseren gestrigen Abend nicht, ganz im Gegenteil. Ich habe alles in vollen Zügen genossen, deine Lippen überall an meinem Körper zu spüren. Du hast in mir wieder Gefühle geweckt, die schon lange versiegt waren. Es war wunderschön mit dir – ich werde diesen Abend nie vergessen. Dennoch bitte ich dich, mich zu vergessen. Deine Akte werde ich an meine Kollegin Mareike Gröninger abgeben. Sie wird sich mit dir in Verbindung setzen. Bitte verstehe mich. Susanne

Susanne konnte nur auf sein Verständnis hoffen, tief in ihrem Herzen brannte aber eine große Sehnsucht nach ihm. Sie nahm ihre Reisetasche aus dem Kofferraum und schlenderte langsam zur Haustür. Ihr Mann schien nicht zu Hause zu sein, wie immer. Sie hätte ihn ja auch anrufen und ihm sagen können, dass sie bereits am Morgen nach Hause kommen würde statt wie geplant am Abend. Sicher wäre er dann zu Hause gewesen. Ganz intuitiv kam ihr der Gedanke, ins Büro zu fahren und ihn zu überraschen. Keine 20 Minuten später war sie im Bürohaus, das an einem Sonntagmorgen ziemlich leer war. Susanne betrat das Büro ihres Mannes. Sie roch den Duft seines Rasierwassers und trotz des Erlebnisses am Vorabend freute sie sich auf ihn. Sie sehnte sich danach, von ihm in die Arme genommen zu werden und seine Lippen zu spüren. Ganz so wie früher. Susanne verließ den Büroraum und fuhr mit dem Aufzug nach oben. Wahrscheinlich hatte er wieder lange gearbeitet und im Büro übernachtet. Mit Sicherheit schläft er noch, dachte sie sich. Der Privatraum lag ebenfalls im Dachgeschoss, allerdings auf der gegenüberliegenden Seite ihres Büros. Die Bürotür stand ein wenig offen, was eigentlich unüblich war. Hatte Maria am Freitag vergessen abzuschließen? Oder war ihr Mann gerade in ihrem Büro? Susanne betrat die Räume, konnte aber nichts Ungewöhnliches feststellen. Und auch hier war ihr Mann nicht. Sie ging über den Flur hinüber zu der Tür, die mit dem Schild „Privat" versehen war. Susanne betrat die Diele und rief den Namen ihres Mannes. Leider hörte sie hierauf keine Antwort, sodass sie voller Erwartung zum Schlafzimmer ging und die Tür öffnete. Was sie da allerdings zu sehen bekam, verschlug ihr förmlich die Sprache. Da lag ihr Mann, in dem großen, breiten Bett, friedlich schlummernd, und neben ihm eine schlanke, sehr junge, blonde Frau. Susanne biss sich auf die Lippen, um nicht laut aufzuschreien. Sie schloss die Tür hinter sich und ging wie in Trance zu ihrem Auto.

Sie fuhr zu dem kleinen, außerhalb der Stadt liegenden Waldstück, wo sie ihren Tränen freien Lauf ließ. Nach einiger Zeit stieg sie aus und entschloss sich zu einem längeren Spaziergang rund um den See. Es war schon sehr lange her, dass sie das letzte Mal hier gewesen war. Der See hatte sich in all den Jahren ziemlich verändert. Die Ufer waren sehr zugewuchert. Susanne zwängte sich zwischen die Sträucher und stand nun vor dem großen See. Sie hatte ihn viel kleiner in Erinnerung, aber vielleicht machte es nur die dichte Vegetation, oder hatte sich ihre Vorstellung geändert? In der Mitte des Sees war eine kleine Holzinsel, dort war auch die tiefste Stelle. Drüben auf der anderen Seite schien in diesem Moment die Sonne direkt auf die Wasseroberfläche und der sanfte Wind säuselte im Gebüsch, aber ansonsten war es absolut still. Sie schaute sich noch einmal um, aber da war niemand.

Susanne setzte sich auf die kleine Holzbank, die jemand provisorisch gebastelt hatte. Dann kamen ihr die Bilder von ihrem Mann und der jungen Frau wieder in den Sinn. Hatte er schon länger eine Beziehung? War es nur ein Ausrutscher? War es bei ihr gestern nur ein Ausrutscher gewesen? Sie saß einfach nur da und starrte auf den See. Wie lange sie dort saß, wusste sie nicht. Sie wusste auch später nicht mehr, wie sie bis nach Hause gekommen war. Sie musste aber sehr lange am See gewesen sein, denn es war schon finster, als sie zu Hause ankam. Im Haus brannte Licht. Susanne zögerte. Sollte sie ihrem Mann sagen, dass sie ihn mit der anderen Frau gesehen hatte? Sollte sie ihm ihren Seitensprung beichten? Sie dachte kurz nach, entschied sich aber dafür, zuerst einmal abzuwarten. Als sie den Vorraum betrat, kam ihr Mann schon auf sie zu.

„Hallo Liebling, schön, dass du wieder da bist. Wie war es?"

Er wirkte wie immer, oder doch nicht? Susanne versuchte, in seinen Augen eine gewisse Veränderung zu erkennen. Aber vergebens. Sie ging ins Wohnzimmer, zu dem großen antiken Schreibtisch, der direkt vorm Fenster stand. Sie schaute hinaus in den Garten, sprach mit ihm, ohne ihn dabei anzuschauen.

„Wie immer schön. Wir haben viel geredet und natürlich darf ich die Ausstellung von Jenny nicht vergessen. Die war natürlich eine Sensation. Was hast du so gemacht?" Susanne war gespannt auf seine Antwort.

„Ich habe wie immer gearbeitet. Fast durchgehend, bis heute Nachmittag. Dann hatte ich keine Lust mehr und bin nach Hause gefahren, um auf dich zu warten."

Du bist doch ein elender Schurke, dachte Susanne. Fremdgehen zählt für dich jetzt schon zum Arbeiten. Am liebsten hätte sie ihm eine kräftige Ohrfeige verpasst – aber sie stand nur da wie angewurzelt.

Bernd stand direkt hinter seiner Frau und legte fordernd seine Arme um ihre Taille. Sie stützte sich leicht am Schreibtisch ab, spürte sein nicht rasiertes Kinn in ihrem Nacken und sie spürte, wie er sich noch dichter an ihre weiblichen Rundungen drückte. Ihre Gedanken kreisten wirr in ihrem Kopf herum. Zum einen musste sie an ihr eigenes verbotenes Liebeserlebnis denken, zum anderen schossen ihr aber die Bilder der jungen, blonden Frau durch den Kopf. Je mehr sie sich vorstellte, wie diese fremde Frau ihren Mann wohl verwöhnt hatte, desto erregter wurde sie. Die Vorstellung, dass diese Frau das stramme Prachtstück ihres Mannes im Mund hatte und ihn auf diese Art und Weise verwöhnte, ließ sie fast verrückt werden. Ihre Muschi wurde allein bei dieser Vorstellung von Sekunde zu Sekunde feuchter. Obwohl sie einen unglaublichen Zorn in sich hatte, begann sie dennoch, die Berührungen ihres Mannes zu genießen. Sein harter Schritt drückte sich stark an ihren Po. Er zog ihr etwas ungestüm ihr T-Shirt über den Kopf und öffnete den schwarzen spitzenbesetzten BH. Zwei wundervolle weiche Brüste mit erigierten Brustwarzen kamen zum Vorschein. Seine Hände wanderten über ihren Körper. Alles andere als zart drückte er, immer noch hinter ihr stehend, unsanft ihre Brüste zusammen, er knetete sie regelrecht durch. Susanne griff nach hinten, ganz unverfänglich nach seinem Hosenschlitz und öffnete den Reißverschluss, sodass sie sein Prachtstück fühlen konnte. Sie hielt das große Teil, was steinhart war, sich aber dennoch sehr weich anfühlte, in ihrer Hand. Sie wollte seinen Liebesbolzen verwöhnen, aber er drückte ihren Oberkörper nach vorne herunter und spreizte mit seinen Füßen ihre Beine. Ohne weiteres zärtliches Vorspiel schob er ihren schmalen Slip ein Stückchen zur Seite. Ihre Pobacken wurden sichtbar und auch ihre rosarote Spalte. Dann zog er den Slip mit einem Ruck nach hinten, sodass dieser die beiden Schamlippen teilte. Er schob von hinten seine Hand in ihren Schritt, zupfte genüsslich an ihren Schamlippen, erst die eine, dann die andere, dann beide zusammen. Aus ihrer Liebesgrotte tropfte der Liebessaft. Dann begann er von hinten ihren Lustknopf zu massieren. Sein Rubbeln wurde immer härter, bis sie dachte, es nicht mehr aushalten zu können. Es war kein zärtliches, sondern ein sehr forderndes Streicheln, was sie in diesem Moment aber noch viel mehr erregte. Susanne hätte es jetzt genossen, wenn er sie zart mit seiner Zunge verwöhnte, aber er hatte keinen Sinn dafür, diese rosarote feuchte Lustgrotte auf zärtliche Art zu verwöhnen. Ihm stand heute der Sinn auf die härte Art und da musste nun mal auch mal die Liebesspalte durch. Bernd hielt sich nicht weiter mit dem Vorspiel auf. Susanne war zum Glück schon so nass, dass er gleich eindringen konnte. Er schob seinen Lustpfahl zwischen ihre Beine und ließ es in ihrem Dreieck verschwinden. Er bewegte sich einige Male sehr heftig hin und her, zog ihn dann aber wieder heraus. Bernd wollte die Situation genießen, auf seine Art. Er drehte Susanne ganz langsam um, sodass er ihr in die Augen sehen konnte.

Nahm sie an der Taille, hob sie etwas hoch und setzte sie mit ihrem blanken Po auf den Schreibtisch. Dann drückte er ihren Oberkörper sachte nach hinten. Der Schreibtisch war sehr hart und Susanne fühlte sich ihm, in dieser Position total ausgeliefert. Aber es ängstigte sie nicht, im Gegenteil, sie war gespannt, was er nun mit ihr machen würde. Diese Ungewissheit erregte sie immer mehr. Bernd drückte ihre Schenkel auseinander. Er sah in ihr Gesicht. Seine Gier sprach aus seinen Augen. Er küsste sie ungewohnt zart auf den Mund, dann ließ er seine Zunge an ihrem Hals ganz langsam nach unten gleiten. Er bewegt die Zunge bis zu ihrer Muschi, ohne diese zu berühren, ging dann langsam wieder nach oben und knabberte an ihren Ohrläppchen. Susanne hielt es nicht mehr aus, das war Folter mit purer Zärtlichkeit. Sie wollte Erlösung, sie wollte nun endlich ihren Orgasmus. Sie legte ihre Hand auf ihre nasse Muschi und begann sie zu streicheln. Doch Bernd griff sehr fest ihr Handgelenk und drückte ihren Arm nach oben. Ihre Erregung fing an weh zu tun. Sie legte die andere Hand um ihn und versuchte ihn zu sich zu ziehen aber er sträubte sich. Er tauchte wieder tiefer mit seinem Kopf. Seine Lippen bewegten sich über ihren Hals, ihre Brust, saugten fest an den Nippel bis sie leicht aufschrie vor Lust, leckte weiter am Bauch entlang bis nach unten zwischen ihre Schenkel.

„Oh Gott, nimm mich bitte", seufzte Susanne. Aber Bernd begann an diesem Spiel nun erst so richtig seinen erotischen Spaß zu bekommen. Er zog langsam seinen Gürtel aus der Hose, drückte beide Arme von Susanne nach oben und band diese mit dem Gürtel zusammen, ganz leicht ohne Druck. Susanne hätte ihre Hände problemlos aus der Schlaufe ziehen können, aber das wollte sie gar nicht, sie genoss das Spiel, ein Spiel des Ausgeliefertseins. Seine Hände, seine Fingerspitzen, streichelten über ihre Hüften und nähert sich langsam, quälend langsam, ihren Leisten. Dann endlich vergrub er seinen Kopf zwischen ihre Schenkel und ließ seine Zunge, nur ein einziges Mal, mit einer gewissen Härte, über ihren Kitzler gleiten. Susanne stöhnte laut auf vor Lust. Noch einmal küsste er sie auf den Mund bevor er sich dann ausgiebig der rosaroten, glattrasierten Muschi widmete. Er leckte, saugte und knabberte an ihrer Lustperle, während er die Liebesgrotte gleichzeitig mit seinen Fingern ausfüllte. Mit der anderen Hand massierte er ganz zart die kleine Öffnung am Po. Die weiche Haut und der Duft ihrer Lustgrotte erregten ihn so, bis auch er es nicht mehr aushalten konnte. Er packte mit beiden Händen ihre Taille und ließ seinen Zauberstab zuerst ganz langsam cm für cm in ihrer Spalte verschwinden. Dann aber forderte er mit heftigen Stößen sein männliches Recht. Aber auch Susanne kam voll auf ihre Kosten. Sie schrie vor Schmerz, aber noch mehr vor Verlangen und Lust. Sie genoss in diesem Moment genau diese etwas härtere Art der Liebe, obwohl sie eigentlich die zärtliche Version bevorzugte. Stöhnend und völlig befriedigt befreite sich ihr Mann von ihren Beinen mit denen sie seinen Körper umschlang. Er zog sich wortlos an und es war so, als wenn eben nichts geschehen wäre. Kein Wort über die fremde Frau, kein

Wort über ihr Abenteuer.

Susanne versuchte, ruhig zu bleiben. Sie versuchte ihre Gedanken und ihre Gefühle zu sortieren. Aber das war fast unmöglich. Ihr Mann verließ den Raum und sie saß immer noch auf diesem harten Schreibtisch, nackt und sprachlos.

Okay, gleiches Recht für beide, dachte sie dann und wusste aber im gleichen Moment, dass sie mit dieser Aussage nur ihr Gewissen beruhigen wollte.

In ihr entstand plötzlich, trotz der sexuellen Erfüllung und des intensiven Höhepunktes, eine Leere, einfach nur eine große Leere.

Kapitel 7

Die nächsten Wochen vergingen für Susanne mit Gefühlen von Höhen und Tiefen. Sie hatte direkt nach der Rückkehr aus der Schweiz die Akte „Lindner" an ihre Kollegin Mareike abgegeben. Dennoch konnte sie Markus nicht vergessen. Je mehr sie versuchte, ihn aus ihren Gedanken zu streichen, desto größer wurde die Sehnsucht nach ihm. Und diese Sehnsucht wurde besonders schlimm in der Zeit der Weihnachtsfeiertage. Susanne verbrachte die gesamten Feiertage bei ihren Eltern auf Mallorca. Allerdings ohne ihren Mann. Der zog es vor, mit einigen Geschäftspartnern in den Skiurlaub zu fahren. Das Verhältnis zwischen ihr und ihrem Mann war in den letzten Wochen sehr kühl geworden. Es lag eine Spannung zwischen ihnen, die nicht darauf schließen ließ, dass es sich hierbei um romantische Gefühlsspannungen handelte. Es war übrigens an jenem Nachmittag, als sie aus der Schweiz zurückgekommen war, das letzte Mal gewesen, dass sie Sex hatten. Die nachfolgende Zeit sah sie ihren Mann sehr wenig, er hatte immer geschäftliche Termine. So verkündete er ihr auch kurz vor Weihnachten, so ganz beiläufig zwischen Tür und Angel, dass er über die Feiertage und Silvester mit Geschäftspartnern nach St. Moritz fahren würde. Kein Wort darüber, ob sie mitfahren wolle oder was sie machen würde. Nichts! Für ihn war es beschlossene Sache. Das sollte also das erste Weihnachten ohne ihn sein? Da ihr Mann dies so bestimmt zu ihr sagte, versuchte Susanne erst gar nicht, ihn umzustimmen oder darum zu bitten, dass sie beide doch diese Tage zusammen verbringen sollten. Für sie wäre dies eigentlich selbstverständlich gewesen. Weihnachten verbrachte man mit dem Ehepartner. Susanne überlegte nach dieser Enttäuschung auch nicht lange und buchte kurzfristig einen Flug nach Mallorca.

Ihre Eltern hatten sich vor einigen Jahren dazu entschlossen, ihren Altersruhesitz in wärmere Gefilde zu verlegen, und sie hatten sich deshalb ein kleines Häuschen im Süden der Insel gekauft. Es lag am Rande eines kleinen Fischerdörfchens, unweit einer kleinen Sandbucht. Susanne genoss die Tage bei ihren Eltern. Sie verbrachte viele Stunden in der kleinen Bucht und hoffte, Klarheit in ihr Gefühlschaos zu bekommen. Aber es gelang ihr nicht. Zu oft musste sie an Markus denken, zu oft an diesen schönen Abend in der Hütte, an den langen Fußmarsch, an die intensiven Gespräche und an die gemeinsame Brotzeit. Bei den erotischen Gedanken, wie er sie verwöhnt und gestreichelt hatte, wäre sie am liebsten direkt zu ihm gefahren. Aber es durfte nicht sein und so widerstand sie jeder Versuchung, ihn anzurufen oder ihn zu treffen. Die ersten beiden Wochen nach ihrem wunderbaren Erlebnis rief Markus einige Male in ihrem Büro an. Sie aber ließ sich stets durch ihre Sekretärin Maria verleugnen. Danach kamen von ihm keine Anrufe mehr.

Seit 14 Tagen war sie nun wieder aus Mallorca zurück, befand sich mitten in ihrem Alltags- und Arbeitstrott und an ihrem Gefühlschaos hatte sich nichts geändert. Im Gegenteil. Als von

Markus eine Mail mit einem kleinen Gedicht kam, war das Chaos noch größer als zuvor.

Liebe Susanne,

ich habe Angst davor, dich zu verlieren, die Zeit mit dir war einfach zu schön. Du bist alles, was ich brauche, du bist alles, wofür ich lebe.

Du bist der Stern, der mich durch die Nacht leitet, du bist die Sonne, die meine Tage erwärmt. Lass auch mich deine Tage erwärmen, gerne möchte auch ich dein Stern sein, der dich durch die Nacht leitet.

Ich weiß, wenn ich dich verliere, verliere ich auch mich.

Bitte, lass uns in Kontakt bleiben – ich liebe dich.

Dein Markus

Susanne druckte die Mail aus und las die Zeilen immer wieder und wieder. Sie hatte Herzklopfen. Was sollte sie tun? Auch diesen Kontaktversuch wieder ignorieren? Ihm zurückmailen?

Auf was sollte sie hören – auf ihren Verstand, auf ihr Herz? Susanne kam sich vor wie in einem Labyrinth, ohne Ausweg. Letztendlich entschied sie sich aber dafür, die Mail mit ihrem Herzen zu beantworten, obwohl ihr Verstand dringend davon abriet.

Lieber Markus,

deine Mail ging mir ganz schön zu Herzen. Seit unserer ersten Begegnung gehst du mir nicht mehr aus dem Sinn. Ich denke gerne zurück an unsere Wanderung zur Hütte. Wir haben beim Aufstieg viel geredet und es ist toll, denn ich kann mit dir über alle Themen reden. Auch, wenn wir nicht immer einer Meinung sind, wir akzeptieren jeweils die Meinung des anderen. Ich liebe die Gespräche mit dir, seien es ernste oder auch sehr gefühlvolle Themen. Du kannst vor allem wunderbar zuhören.

Vielleicht war es an diesem Abend der Wein oder auch nur die angenehme Atmosphäre? Es gab einen Moment, da fühlten wir beide, dass wir uns sehr nah spüren wollten. Das war weder von mir noch von dir vorher so geplant. Aber manchmal geht das Leben halt seinen eigenen Weg und gegen Gefühle kommt man eben nur selten an.

Als du anfingst, mich zärtlich zu küssen, hätte ich Stopp sagen müssen. Aber es war einfach zu schön. Ich genoss es sehr, deine Küsse, deine Streicheleinheiten und die zärtlichen Gesten. Ich war zwischen meinen eigenen Gefühlen hin- und hergerissen. Einerseits hatte ich diese große Lust, mit dir zu schlafen, andererseits aber war da die Angst, dass danach nichts mehr so sein würde, wie es mal war, und schließlich sind wir beide ja auch gebunden.

Dennoch, du warst so unendlich zärtlich, dass ich dann doch meinen Gefühlen nachgegeben habe. Es war wirklich sehr schön mit dir und es wird für mich immer eine unvergessliche Nacht bleiben. Du hast in mir ein ziemliches Gedanken- und Gefühlschaos angerichtet und ich weiß nun auch, dass ich dich von ganzem Herzen liebe. Aber – unsere Liebe hat keine Zukunft, solange man nicht wirklich frei ist für den anderen. In Gedanken werde ich immer bei dir sein.

Ein inniger Kuss, deine Susanne

Susanne versuchte, wie auch schon in den letzten Tagen, sich mit Arbeit abzulenken. Doch das war leichter gesagt als getan. Nicht nur ihr Gefühlsleben war angeschlagen, nein, hinzu kam noch, dass es ihr schon seit Tagen auch körperlich nicht so gut ging. Genau genommen eigentlich seit ihrer Rückkehr aus Mallorca.

„Susanne, ich habe für 19.00 Uhr bei Dr. Anders noch einen Termin für Sie bekommen", teilte ihr Maria besorgt mit.

„Danke, Maria. Sie werden sehen, der Blut- und Urintest sind in Ordnung, Dr. Anders gibt mir eine Spritze und ein paar Tabletten und dann bin ich ganz schnell wieder auf dem Damm. Wahrscheinlich habe ich mir nur einen Virus eingefangen und deshalb geht es mir nicht so gut."

Pünktlich, wie man es von ihr gewohnt war, saß Susanne im Wartezimmer des alten Hausarztes Dr. Anders. Er war schon ihr Hausarzt gewesen, als sie noch ganz klein war, und kannte sie somit natürlich auch sehr gut. Er war wie ein Vater zu ihr und wie oft hatten sie schon über Dinge gesprochen, die weit über gesundheitliche Themen hinausgingen. Sie musste gar nicht lange warten, da wurde sie auch schon in das Arztzimmer gebeten.

„Hallo Susanne, wie schön, dich mal wieder zu sehen", begrüßte Dr. Anders sie in seiner väterlichen Art. Erst nachdem Susanne ihm ausführlich von dem Befinden ihrer Eltern berichtet und ein wenig über ihren weihnachtlichen Aufenthalt auf Mallorca erzählt hatte, kam Dr. Anders auf ihre Gesundheit zu sprechen.

„Tja, liebe Susanne, die Ergebnisse von der Blutabnahme und auch von dem Urintest habe ich heute Morgen von unserem Labor bekommen. Alle Werte sind in Ordnung, somit also kein Grund zur Aufregung."

»Hab ich's mir doch gedacht, dass es nur eine Magenverstimmung oder ein Virus ist. Eine deiner Spritzen, ein paar Tabletten und ich bin schnell wieder topfit", sagte Susanne sichtlich erleichtert.

„Na ja." Dr. Anders schaute über den Rand seiner Brille und fing an zu schmunzeln. „Hier wird keine meiner Wunderspritzen helfen. Mit dieser Magenverstimmung wirst du dich die nächsten neun Monate anfreunden müssen. Du bekommst ein Baby, Susanne – herzlichen Glückwunsch."

Moment mal, hatte sie da richtig gehört? Ein Baby? Wie Anwältinnen aber so sind, wollte sie den Beweis erst sehen, bevor sie es tatsächlich glaubte. Aber die Ergebnisse der Tests waren eindeutig. Normalerweise hätte Susanne jetzt einen Freudenschrei ausgestoßen und wäre Dr. Anders sicherlich auch um den Hals gefallen. Sie wäre absolut aus dem Häuschen gewesen bei dieser Nachricht. Ein Baby, sie hatte schon nicht mehr daran geglaubt.

„Du freust dich ja gar nicht", bemerkte Dr. Anders überrascht, denn er wusste von ihrem innigen Kinderwunsch. „Was ist los, Susanne? Probleme in der Ehe?"

Da Susanne die letzte Patientin war, hatte Dr. Anders Zeit, ihr zuzuhören. Susanne erzählte ihm von der momentanen Krise. Davon, wie ihr Mann sich seit ein paar Monaten verändert hatte, von dem Seitensprung oder auch der Affäre und von dem alleinigen Kurzurlaub über die Feiertage. Da sie aber nicht die Art Frau war, die zuerst die Schuld anderen zuschob, erzählte sie auch von ihrer Affäre und ihren Gefühlen für Markus. Ihr liefen die Tränen beim Erzählen übers Gesicht. Dr. Anders hörte einfach nur zu, ohne sie auch nur einmal zu unterbrechen.

„Was soll ich tun? Ich erwarte ein Kind von dem Mann, der keine Liebe mehr für mich empfindet. Soll ich nur wegen des Kindes mit einem Mann zusammenbleiben, den ich nicht mehr liebe? Soll ich mich gegen das Kind entscheiden und das Kind abtreiben lassen oder die schwere Last einer alleinerziehenden Mutter auf mich nehmen und mich von meinem Mann trennen?"

Ihre scheinbar heile Welt schien nun ganz aus den Fugen zu geraten. Dazu kam noch die Angst, wegen des Kindes auch noch den Mann zu verlieren, dem eigentlich ihr Herz seit einiger Zeit gehörte. Susanne blieb an diesem Abend sehr lange bei Dr.

Anders. Sie redete sich alles von der Seele, alles, was sich in den letzten Monaten in ihr aufgestaut hatte.

Es war schon fast Mitternacht, als sie nach Hause kam. Es brannte kein Licht im Haus, was bedeutete, dass ihr Mann entweder noch nicht zu Hause war oder schon schlief. Susanne vermutete das Erste und sollte recht behalten, als sie ins Schlafzimmer kam und dort ein leeres Ehebett vorfand. Sie zog sich aus, duschte noch und ging zu Bett. Morgen würde sie ihrem Mann die Baby-Nachricht überbringen – dann würde man weitersehen. Mit diesem Gedanken schlief sie nach einigen Stunden dann doch endlich ein.

Kapitel 8

Susanne war am nächsten Morgen bereits sehr zeitig im Büro. Ihr Mann war allerdings noch nicht im Hause. Sie hinterließ ihm durch seine Sekretärin eine Nachricht, dass sie ihn dringend sprechen müsse und er sich bitte bei ihr melden solle, sobald er im Büro sei. Es war gegen 11.00 Uhr, als Bernd in ihr Büro kam.

„Hallo Susanne, du wolltest mich sprechen?" Die Frage kam so nüchtern, als ob sie Geschäftskollegen wären, und selbst da war mehr Gefühl zu spüren.

„Meinst du nicht, wir sollten mal miteinander reden? Du bist keine Nacht mehr zu Hause, wir verbringen kein Wochenende mehr zusammen und von Liebe ist im Moment ja wohl auch nichts mehr zu spüren." Susanne schaute ihren Mann mit traurigen Augen an. Sie hoffte innerlich immer noch, er würde auf sie zukommen, sie in den Arm nehmen und ihr sagen, dass das alles nicht so sei und dass alles wieder so würde wie am Anfang ihrer Beziehung. Sie war sehr konservativ erzogen worden und so hatte der Bund der Ehe auch eine gewisse Bedeutung für sie.

„Ja, du hast recht, Susanne. Ich wollte dir die ganze Zeit schon etwas sagen, vielleicht ist jetzt der richtige Zeitpunkt."

„Für was ist jetzt der richtige Zeitpunkt?", fragte Susanne irritiert.

Bernd Jansen fiel es nun doch schwer, seiner Frau in die Augen zu sehen. „Susanne, ich werde mich von dir trennen, ich liebe eine andere Frau."

Susanne traute ihren Ohren nicht. Was hörte sie eben? Trennung, eine andere Frau? Sie hatte plötzlich das Gefühl, als verliere sie den Boden unter den Füßen. „Bitte sag, dass das nicht wahr ist." Susannes Augen füllten sich mit Tränen. „Bitte, Bernd, sag, dass ich das nur träume!"

„Es tut mir leid, Susanne, das ist kein Traum, sondern Realität." Mit diesen Worten verließ Bernd Jansen das Büro seiner Frau und machte Maria Platz, die in diesem Moment das Büro betreten wollte.

„Oh Gott, Susanne, was ist denn passiert? Kommen Sie, setzen Sie sich erst mal hierher!"

Susanne, mittlerweile kreidebleich, setzte sich auf den Stuhl und schaute Maria mit tränengefüllten Augen an.

„Er hat mich soeben verlassen", kam es fast lautlos aus ihrem Mund.

„Das habe ich kommen sehen!" Maria holte eine Decke und legte sie um ihre Schultern. „Ich werde Sie jetzt erst mal nach Hause fahren und dann ins Bett stecken. Sie sehen ja aus wie der Tod persönlich."

Wenn Maria sich etwas in den Kopf gesetzt hatte, dann führte sie es auch durch. Und so lag Susanne eine Stunde später zwar nicht im Bett, aber auf der Couch. Maria kochte einen Kaffee und setzte sich dann zu ihr.

„Maria, Sie sagten vorhin, das hätten Sie kommen sehen. Was meinten Sie damit?" Susanne hatte sich wieder etwas gefangen und wollte nun doch die Wahrheit erfahren.

Maria überlegte noch, entschied sich dann aber, Susanne das zu sagen, was sie wusste. „Ihr Mann hat schon seit Jahren irgendwelche Affären. Mal für eine Woche, mal für einen Monat oder auch nur mal für eine Nacht. Die jetzige Affäre geht allerdings schon seit Oktober. Seit dem Firmenjubiläum, wo hier die große Feier war. Es tut mir so leid für Sie, Susanne."

Susanne konnte sich erinnern. Es war die Feier zum 10-jährigen Bestehen der Rechtsanwaltskanzlei. Es waren sehr viele Mandanten eingeladen und natürlich auch gekommen. Diese blonde, junge Frau, für die ihr Mann sie heute verlassen hatte, war damals in Begleitung eines sehr seriös wirkenden, gut aussehenden, älteren Herrn gekommen. Ihr Mann hatte sehr oft mit ihr getanzt, das war ihr schon aufgefallen, aber sie hatte sich nichts dabei gedacht. Sie war an diesem Abend auch viel zu sehr damit beschäftigt gewesen, sich um die anwesenden Gäste zu kümmern.

„Jeder hat es gewusst, nur ich nicht", sagte Susanne sehr leise, aber Maria konnte es doch hören. „Maria, was habe ich falsch gemacht?"

„Nichts, absolut nichts, Susanne. Ihr Mann kommt mit einer Frau alleine nicht aus, das ist sein Problem. Das wird auch seine Neue bald zu spüren bekommen. Ich denke aber, dass er irgendwann zu Ihnen zurückkommen wird."

„Darauf kann und möchte ich nicht warten. Das Ungewisse, das stehe ich nicht durch, Maria. Er hat die Trennung gewollt, er wird sie bekommen, mit allen Konsequenzen. Im Übrigen erwarte ich ein Kind von ihm. Er weiß es allerdings noch nicht. Und bitte, Maria, er soll es vorerst auch noch nicht erfahren. Ich habe mich entschieden, ich werde dieses Kind bekommen, es ist schließlich auch mein Kind."

Susanne spürte, wie ihre eigenen Worte ihr eine unglaublich große Kraft gaben. Sie wusste zwar, dass diese nächsten Monate eine sehr harte Zeit sein würden, aber sie wusste jetzt auch, dass diese Entscheidung, nämlich ein JA zu ihrem Kind, auch die richtige Entscheidung war.

Susanne war am nächsten Morgen sehr früh in ihrem Büro. Sie hatte sehr viel zu erledigen, zu organisieren und zu klären. In solchen Situationen merkte man, dass sie als Sternzeichen „Widder" war. Geduld war nicht ihre starke Seite und wenn sie sich etwas vorgenommen hatte, dann setzte sie ihre Vorhaben meistens auch sehr schnell in die Tat um, ohne sich groß Zeit zu nehmen, ihr Handeln erst mal genau zu überlegen. Sie hatte in dieser Nacht einige Entscheidungen getroffen, zu denen heute auch schon die ersten Schritte gemacht werden mussten.

„Du wolltest mich sprechen, Susanne." Bernd Jansen stand in

der Tür, die Hände in seinen Hosentaschen.

„Ja, das stimmt", sagte Susanne selbstbewusst. „Du hast mir gestern gesagt, dass du dich trennen möchtest. Ich stimme der Trennung zu, möchte aber im Eilverfahren geschieden werden. Im Übrigen werde ich mit meinem Büro schnellstmöglich ausziehen, ich habe hierfür schon einen Makler beauftragt. Das Haus überlasse ich gerne dir, wir werden hierfür sicher eine faire finanzielle Regelung finden."

Bernd Jansen stand immer noch in der Tür, immer noch die Hände in der Hosentasche, nur seine Gesichtsfarbe war etwas fahler geworden. „Susanne, ich weiß, dass du in allem sehr gerecht und fair bist, deshalb würde ich vorschlagen, wir gehen heute Abend zusammen essen, regeln alles, sodass wir in 4 Wochen geschieden sein können."

Als Bernd Jansen das Büro wieder verlassen hatte, musste sich Susanne erst mal setzen. Dieses Gespräch hatte sie doch mehr Kraft gekostet, als sie es hätte zugeben wollen. Sie spürte, dass ihm nichts mehr an ihrer Ehe lag. Es stimmte sie zum einen traurig, zum anderen war sie erleichtert, denn der Trennungsschritt fiel ihr somit etwas leichter.

Am Abend trafen sie sich wie vereinbart beim Italiener. Giovanni führte sie beide wie immer zu ihrem Tisch. Es wird heute wohl das letzte Mal sein, dachte Susanne. Das Essen verlief entsprechend der Situation – kühl, sachlich und emotionslos. Sie einigten sich relativ schnell über die einzelnen Dinge und man sah Bernd

Jansen an, wie erleichtert er war, als alles geregelt war.

„Jetzt stell dir mal vor, Susanne, wir hätten Kinder. Dann hätten wir uns nicht so schnell einig werden können", sagte Bernd Jansen und erhob das Glas.

Susannes Blick sprach Bände. Ihr Herz krampfte sich zusammen und sie musste hart mit sich kämpfen, dass ihr nicht die Tränen kamen. Am liebsten hätte sie es laut herausgeschrien, dass sie bereits schon sein Kind unter ihrem Herzen trage. Aber sie musste heute noch durchhalten. Sie wollte auf keinen Fall, dass ihr Mann vor der Scheidung von dem Kind erfuhr.

„Ja, wie recht du doch hast. Hätten wir jetzt Kinder, dann hätten wir uns nicht so schnell einig werden können." Susanne trank aus ihrem Glas, ohne ihrem Mann dabei in die Augen zu schauen.

Kapitel 9

Die nächsten Wochen vergingen wie im Fluge. Susanne bezog bereits Anfang März ihre neuen Büroräume. Der Makler war sehr schnell fündig geworden und Susanne brauchte nicht lange, um sich für den Kauf des Objektes zu entscheiden. Es war ein kleines Häuschen am Rande der Stadt, absolut im Grünen gelegen, in welches sie sich sofort verliebt hatte. Das kleine Anwesen hatte einen wunderschönen Garten, der sehr gepflegt und auch schon schön eingewachsen war. Von der großen Terrasse aus hatte man freien Blick auf einen kleinen See. Es war ein typisches kleines Fachwerkhäuschen, außen und innen mit je einem offenen Kamin. Der Innenbereich hatte einen sehr rustikalen Charme, den Susanne besonders liebte. Es gab zwei Etagen sowie ein Dachgeschoss, welches noch ausgebaut werden konnte. Die Büroräume hatte Susanne im Erdgeschoss eingerichtet und im Obergeschoss dann ihre kleine, aber sehr gemütliche Wohnung. Susanne war die letzten Wochen mit voller Hingabe mit dem Einrichten beschäftigt gewesen und war mit dem Ergebnis eigentlich sehr zufrieden, obwohl hier und da noch eine Kleinigkeit fehlte. Maria war natürlich mit ihr und dem Büro umgezogen, sodass sich diesbezüglich für sie nichts änderte.

Susanne besprach gerade mit Maria die Vorbereitungen für die bevorstehende Einweihungsfeier, als es an der Tür klingelte.

Maria öffnete und bat die Besucherin in Susannes Büro.

„Hallo Susanne", kam da eine lustige Stimme um die Ecke, „ich bin es, Mareike, deine Kollegin, die du wohl schon ganz vergessen hast."

„Mareike, das ist ja schön, dich zu sehen. Oh Gott, dich hatte ich wirklich in dem ganzen Trubel vergessen. Bitte verzeih mir."

Susanne freute sich riesig über den Besuch ihrer Anwaltskollegin und auch Freundin. Sie kannten sich beide von der Uni her und hatten den Kontakt immer aufrechterhalten. Sie hatten die gleichen Ansichten und in vielen persönlichen Dingen auch die gleiche Meinung, sodass es mehr schon eine Selbstverständlichkeit war, dass sie beide sich untereinander aushalfen.

„Ist schon okay. Von deinem Mann, sorry, von deinem Exmann habe ich erfahren, dass ihr seit letzter Woche bereits geschieden seid. Ging ja ziemlich schnell, oder?", fragte Mareike, die genau wusste, wie lange man eigentlich auf einen Scheidungstermin warten musste.

„Na ja, diesmal habe ich meine Beziehungen wirklich schamlos ausgenutzt, gebe ich ja auch offen zu", lachte Susanne, „und deshalb ging die Scheidung auch so schnell und unkompliziert über die Bühne. Durch die Kürze war auch keine Zeit für Streitigkeiten, so sind wir Gott sei Dank nicht im Zorn auseinander gegangen. Es hört sich komisch an, aber wir sind Freunde geblieben."

Mareike legte ihre Hand auf Susannes Bäuchlein und bemerkte

lächelnd: „Das hat dein Ex mir allerdings nicht verraten, dass du ein Baby bekommst."

„Konnte er auch nicht. Er weiß es ja nicht einmal!"

„Wie bitte, er weiß nicht, dass er Vater wird? Susanne, du machst jetzt Scherze, oder?"

„Nein, ich habe es ihm nicht gesagt. Er will keine Kinder, also warum ihn dann mit so einer Nachricht belasten? Spätestens bei der Einweihungsfeier in zwei Wochen wird er es ja sehen, sofern er überhaupt kommt."

„Na, du hast ja Nerven! Aber es ist auch ganz allein deine Sache, ob und wem du es sagst. Aber das Gesicht würde ich schon gern sehen, wenn er dein Bäuchlein sieht."

„Übrigens, Mareike, ich habe gerade gestern erst mit Maria darüber gesprochen, dass wir die Termine nun doch etwas reduzieren müssen. So langsam wird es anstrengend für mich, denn der kleine Zwerg fängt doch tatsächlich an, sich zu behaupten." Dabei streichelte sie zart über ihren Bauch, der tatsächlich nun schon eine etwas rundere Form angenommen hatte. „Kannst du mich die nächsten Monate etwas unterstützen und die Vertretung übernehmen?"

„Na, du kennst mich doch. Klar mache ich das, und auch sehr gerne." Mareike war zwar zuerst total überrascht von der Baby-Nachricht, freute sich aber mit Susanne und stand ihr als Vertretung und Unterstützung natürlich sofort zur Verfügung.

„Apropos Scheidung. Was macht eigentlich der Vorgang Markus Lindner?" Susanne spürte, wie sie bei ihrer eigenen Frage leichtes Herzklopfen bekam.

„Ja, das ist eigentlich auch der Grund, warum ich hier kurz vorbeigekommen bin. Heute Morgen war der Scheidungstermin, aber Frau Lindner willigte nicht ein. Sie spielte ein hervorragendes Theaterstück, dass sie ihren Mann noch liebt, dass sie es noch mal versuchen sollten usw. Na ja, die Art Storys kennst du ja."

„Und, wie hat der Richter und vor allem, wie hat Markus reagiert?"

„Herr Lindner schüttelte nur ungläubig den Kopf und erklärte gegenüber dem Richter, dass er die Scheidung unbedingt wünsche. Aber der Richter meinte, er möchte ihnen nochmal eine Zeitspanne von 6 Monaten einräumen. Sollten die beiden allerdings in dieser Zeit nicht wieder zusammengefunden haben, werden sie auf den, du kennst ihn ja, erneuten Kurzantrag hin automatisch geschieden."

„Was hältst du persönlich von dieser Frau Lindner?"

„In meinen Augen ist sie mit äußerster Vorsicht zu genießen. Sie hat diesen gewissen Blick und ich würde ihr, ehrlich gesagt, alles zutrauen. Eigentlich ist es sehr schade, denn du hattest die Akte und den Schriftsatz ja schon komplett fertiggestellt und wie immer in einer 1a-Qualität. Ich dachte klarer Fall, kann nix schief gehen, aber falsch gedacht."

„Tja, es geht leider nicht alles so, wie wir es immer wollen, Frau

Kollegin", lachte Susanne.

„Aber wenn du wieder mal so einen gut aussehenden Mandanten hast, schick ihn ruhig wieder rüber zu mir, ich habe ein großes Herz, weißt du ja." Mareike lachte über ihren eigenen Satz.

„Das weiß ich wohl, liebe Kollegin, aber das war eine Ausnahme", antwortete Susanne und freute sich, in Mareike eine so gute Freundin gefunden zu haben.

„Susanne, darf ich dich mal was ganz Persönliches fragen?"

„Was möchtest du denn wissen?"

„Warum hast du die Akte „Lindner" eigentlich an mich abgegeben?"

Susanne holte tief Luft. Bisher hatte sie über Markus nur mit Dr. Anders gesprochen und er unterlag der Schweigepflicht. Sollte sie Mareike von ihren Gefühlen erzählen oder wäre es besser, weiter zu schweigen? Aber für was hatte man eine Freundin, wenn nicht dafür?

Und so erzählte Susanne ihr die ganze Geschichte. Nur die Stunden der absoluten Zärtlichkeit oben in der Hütte, die behielt sie für sich. Mareike hörte ihr aufmerksam zu.

„Tja, nun weißt du, warum ich die Akte an dich abgegeben habe."

„Du bist nicht über beide Ohren in ihn verliebt, oder?", fragte Mareike mit einem Lächeln auf den Lippen.

„Wie kommst du denn darauf?"

„Na ja, du hättest eben mal den Glanz in deinen Augen sehen sollen, als du von ihm erzählt hast. Ich kann dich gut verstehen, Susanne, mir hätte er auch sehr gut gefallen, aber ..."

„Aber was?"

„Ich habe schon versucht, ein wenig mit ihm zu flirten, aber er ist kein bisschen darauf eingegangen. Entweder ich bin nicht sein Typ oder er ist bereits in eine andere Frau verliebt."

Susanne spürte in diesem Moment eine gewisse Traurigkeit. Diese Bemerkung eben machte ihr doch mehr aus, als sie es zugeben würde. Aber war es nicht ganz natürlich, dass ein Mann sich wieder verliebte? Sie selbst hatte den Kontakt doch abgebrochen, nicht er. Also warum fing sie jetzt an, sentimental zu werden? Sie hatte doch gar keinen Grund dazu. Mareike spürte, dass ihre Freundin auf einmal sehr traurig war, und nahm sie kurzentschlossen in den Arm.

„Kopf hoch, Susanne, es wird alles so kommen, wie es kommen soll. Du musst jetzt erst mal an dein Baby denken. Alles andere ist unwichtig."

Der Besuch von Mareike tat Susanne sehr gut. Das spürte sie, als sie abends auf ihrer Couch im Wohnzimmer lag und das Gespräch Revue passieren ließ. Es war schön, ihre Gefühle jemandem mitteilen zu können, der sie auch verstehen konnte. Aber Mareike hatte recht – das Wichtigste war jetzt erst mal ihr Baby.

Die nächsten 14 Tage vergingen wie im Flug. Die Vorbereitungen für die Einweihungsfeier ließen Susanne kaum Zeit für private Dinge. Es sollte eine ganz besondere Party werden und etwas Besonderes verlangte halt auch den doppelten Einsatz. Susanne hatte ihr kleines Häuschen sehr schön schmücken lassen. Überall waren bunte Girlanden angebracht und diese waren mit verschiedenen Sommerblumen und lauter kleinen Lichterketten versehen. Da ihr das Wetter wohlgesonnen war, konnte die Party im Garten stattfinden. Dies war Susanne sehr willkommen, da sie sonst bei der hohen Anzahl der Gäste wahrscheinlich Platzprobleme bekommen hätte. Für das leibliche Wohl hatte sie einen Partyservice engagiert. Dieser war schon seit Stunden dabei, alles herzurichten. Überall standen schon kleine, runde Stehtische, Sonnenschirme in leuchtend gelben Farben und eine lange Tischreihe, welche für das Büffet bestimmt war. Selbst eine kleine Tanzfläche war schon angelegt worden und die Zwei-Mann-Kapelle würde dafür sorgen, dass diese nicht lange leer blieb.

Susanne machte einen kleinen Rundgang durch ihr eigenes kleines Gartenparadics und beantwortete den Herren vom Partyservice noch die ein oder andere Frage. Die Männer arbeiteten flink, aber ohne Hektik zu verbreiten. Man spürte, dass sie viel von ihrem Fach verstanden, und Susanne überließ ihnen gerne diese Organisation. Sie lehnte sich an den Stamm der großen Eiche, welche ihr etwas Schatten spendete. Für Ende Mai war es eigentlich schon zu warm, aber sie liebte die

Sonne und so waren ihr die sommerlichen Temperaturen sehr angenehm. Sie schloss ein wenig die Augen und genoss das schöne Gefühl der Vorfreude auf den bevorstehenden Abend. Der Beginn der Party war für 17.00 Uhr angesetzt. Obwohl die ersten Gäste erfahrungsgemäß schon um 16.30 Uhr eintreffen würden, würde Susanne noch genug Zeit bleiben, um sich für ihre Party zurechtzumachen.

Die Zeit langt sogar noch für ein schönes Bad, dachte sie, als sie im gleichen Augenblick die Klingel der Haustür hörte. Schnell lief sie durch den Garten, vorbei an der Garage, wo ein kleiner Weg ebenfalls nach vorne führte.

„Ja, das gibt es doch gar nicht – Jenny, du bist schon da!" Susanne freute sich riesig, denn mit Jenny hatte sie eigentlich erst spät abends gerechnet.

„Meinst du, ich möchte auch nur eine Minute deiner Traumparty verpassen?", lachte Jenny und ging mit ausgebreiteten Armen auf Susanne zu.

Seit dem Besuch von Susanne im letzten Jahr hatten sie sich nicht mehr gesehen. Zwar hatten sie oft telefoniert, aber das war natürlich kein Ersatz für ein persönliches Wiedersehen.

„Sag mal, trotz Babyfreuden hast du eine so tolle Figur. Wie machst du das?"

„In den Wochen der Trennung von Bernd ging es mir nicht so gut. Na ja, da habe ich mehr als 10 Kilo abgenommen. Das ist das ganze Geheimnis."

„Es ist aber alles in Ordnung mit dir und dem Baby, oder?"

„Ja, ja – alles bestens. Dr. Anders ist mehr als zufrieden mit uns beiden, es geht uns wirklich hervorragend."

„Na, Gott sei Dank. Susanne du weißt, ein Anruf von dir und ich bin da, egal ob am Tage oder in der Nacht, okay?"

„Danke, Jenny, das weiß ich sehr zu schätzen, glaub mir. Aber sag mal, wie lange kannst du bleiben? ... Und, huch, wo hast du denn Garry eigentlich gelassen?", fragte Susanne überrascht, als sie schon auf dem Weg in die Küche waren.

„Zu Frage eins, ich kann mindestens eine Woche bleiben. Und nun zu Frage zwei. Garry ist geschäftlich in Mailand, leider die ganzen nächsten 3 Wochen und konnte somit nicht mitkommen. Aber viele Grüße soll ich dir von ihm ausrichten."

„Das ist lieb. Grüße ihn bitte auch von mir, wenn du wieder mal mit ihm telefonierst, ja?"

Beide saßen gemütlich in der Küche und tranken eine Tasse Kaffee. Jenny erzählte von ihrer internationalen Bilderausstellung und Susanne hätte ihr stundenlang zuhören können, aber dann drängte doch etwas die Zeit und beide mussten sich ja auch noch fertig machen. Für ein Bad langte es nun nicht mehr, sodass Susanne nur eine Dusche nahm. Sie verwöhnte ihren ganzen Körper mit einer gut duftenden Körperlotion und legte danach ein zartes Make-up auf. Ihre schönen Augen betonte sie mit einem goldglänzenden Lidschatten und ihre Lippen bekamen mit dem gleichen Schimmer ein verführerisches Aussehen. Ihre violett-schimmernden Haare hatte sie die letzten Monate etwas wachsen lassen, sodass der immer noch freche Haarschnitt ihrem Gesicht trotzdem einen verspielten, fast lieblichen Ausdruck gab. Susanne zog das neue Kleid an, welches sie sich extra gekauft hatte. Es war ein langes, rückenfreies, schwarzes Samtkleid. Eigentlich ganz schlicht gehalten und dennoch wirkte es sehr raffiniert. In den Schulterbereich war ein in verschiedenen gelben Farben leuchtendes Seidentuch eingearbeitet, welches wie ein Schal an der rechten Körperseite nach unten fiel. Susanne drehte sich vor dem Spiegel, um sich zu begutachten. Sie streichelte über ihr Bäuchlein, welches sie nun nicht mehr verbergen konnte und auch nicht verbergen wollte. Der Schnitt war so elegant, dass trotz Bäuchlein ihre wunderbare Figur voll zur Geltung kam. Sie war sehr zufrieden mit ihrem Aussehen, legte schnell noch einen Hauch ihres Lieblingsduftes auf und begab sich nach unten.

Gegen 19.00 Uhr waren schon sehr viele Gäste anwesend. Das Wohnzimmer glich bereits einem Blumen- und Geschenkladen. Die Stimmung im Garten war ausgelassen und überall sah man kleine Grüppchen stehen, die sich angeregt unterhielten und lachten. Die beiden Musiker stellten sich hervorragend auf das gemischte Publikum ein und spielten verschiedene Musikrichtungen, sodass wirklich für jeden was dabei zu sein schien, denn die Tanzfläche war immer besetzt.

Susanne hatte gerade ihre kurze Begrüßungsrede gehalten und stand nun zusammen mit Mareike und deren Mann an der kleinen Sektbar. Sie ließen sich den gekühlten Orangensaft schmecken, als Mareike grinsend bemerkte: „Susanne, sieh mal, wer da kommt! Dein Exmann!"

„Na, dann werden mein Zwerg und ich ihn wohl mal begrüßen müssen", lachte Susanne und ging Bernd langsam entgegen.

Bernd Jansen kam in Begleitung einer sehr gut aussehenden, rothaarigen Frau. Sie scheint ein Model zu sein, dachte Susanne und bedauerte diese junge Frau im gleichen Moment auch schon wieder, weil sie wusste, dass auch sie das Herz von Bernd Jansen nicht lange würde erglühen lassen können. Der Frau, für die er sie damals verlassen hatte, war er wohl auch schon wieder überdrüssig geworden. Armer Bernd!

„Hallo Bernd, ich freue mich, dass du gekommen bist."

Bernd musterte Susanne von oben bis unten. Seine Augen bekamen den gleichen Glanz wie damals, als sie von der Schweiz nach Hause gekommen war und sie diesen tollen, ungewohnten, etwas härteren Sex erlebt hatten.

„Guten Abend, Susanne. Vielen Dank für die Einladung, ich habe mich sehr gefreut darüber. Darf ich vorstellen, Jutta Grimm. Jutta, das ist meine Exfrau Susanne Jansen."

Susanne reichte der jungen Frau ebenfalls die Hand, spürte aber eine außerordentliche Kältewelle zu ihr herüberkommen.

Plötzlich kam ein junger Mann, ein Klient von Susanne, überschwänglich auf die Gruppe zu und rief begeistert und in

Susannes Augen etwas zu laut: „Jutta Grimm, das darf doch nicht wahr sein, dass wir uns hier treffen. Mensch, wie lange ist das denn her?"

Es stellte sich heraus, dass die beiden sich von der Schule her kannten, und nach einer turbulenten, herzlichen Begrüßung sah man beide eng zusammen tanzend auf der Tanzfläche. Bernd Jansen schaute etwas irritiert, aber nicht unglücklich. Im Gegenteil, das war für ihn die Möglichkeit, sich wieder etwas seiner Exfrau zu nähern. Tief im Innern wusste er, dass er tatsächlich nur Susanne liebte. Keine Frau konnte ihm bisher die Erfüllung geben, die ihm Susanne gegeben hatte. Ihm wurde mit der Zeit immer klarer, dass sein Herz nur ihr gehörte. Aber wie sah es mit ihrem Herzen aus? Natürlich hatte er gleich, als er gekommen war, bemerkt, dass sie schwanger war. Lebte sie wieder in einer anderen Beziehung? Oder konnte er Susanne zurückerobern?

„Susanne, darf ich um diesen Tanz bitten?", fragte Bernd Jansen sehr höflich. Er schob seinen Arm unter ihren und führte sie galant zur Tanzfläche. Die Musiker spielten gerade eine langsame Tanzrunde, was Susanne in ihrem Zustand sehr gelegen kam.

„Wie ich sehe, kann man dir gratulieren, du bekommst nun doch was Kleines." Bernd Jansen meinte diesen Glückwunsch wirklich ernst, da er wusste, wie sehr sich Susanne immer Kinder gewünscht hatte.

„Wir können uns gratulieren, Bernd, denn es ist unser Kind. Du bist der Vater." Susanne wartete gespannt auf die Reaktion.

Die Gesichtsfarbe von Bernd Jansen wechselte, die bisher gezeigte Freude wich total aus ihm, er blieb regungslos stehen, schaute Susanne in die Augen und sagte kaum hörbar: „Susanne, das kann nicht sein!"

„Doch, Bernd. Ich hatte es dir bisher nicht gesagt, da du ja keine Kinder wolltest, also warum sollte ich dich dann mit so einer Nachricht belasten. Aber du brauchst keine Angst haben, ich werde keine Unterhaltsansprüche an dich stellen. Der Zwerg und ich schaffen das schon alleine."

„Lebst du in einer Beziehung?"

„Nein, ich bin alleine!"

Das Lied war zu Ende, Bernd Jansen begleitete Susanne zurück an die Sektbar und ging hinüber zu seiner Rothaarigen, die sich immer noch angeregt mit ihrem Schulfreund unterhielt. Susanne war es nun wohler, denn vor diesem Augenblick hatte sie sich doch etwas gefürchtet. Na ja, dass er nicht begeistert reagieren würde, das hatte sie ja eigentlich auch erwartet. Dass ihn diese Nachricht aber so treffen und er so abweisend reagieren würde, damit hatte sie nicht gerechnet. Wie sehr musste er Kinder hassen. Eigentlich konnte sie ihn nur bedauern. Ein lauter Tusch riss sie dann aber aus ihren traurigen Gedanken. Ihre Freundin Mareike betrat nun mit einem Glas Sekt die Tanzfläche und es dauerte nur Sekunden, bis komplette Stille einkehrte.

„Meine sehr verehrten Damen und Herren, liebe Gäste. Unsere

Gastgeberin hat sich für dieses Fest so viel Mühe gemacht, dass ich denke, sie hat hierfür wirklich einen großen Applaus verdient."

Susanne betrat die Tanzfläche mit funkelnden Augen und bedankte sich noch mal bei den Gästen. Sie hasste nichts mehr, als ungewollt in den Mittelpunkt gestellt zu werden. Als der Applaus endlich aufhörte, setzte Mareike noch mal zu einigen Worten an: „Liebe Susanne, ich weiß, dass du mich jetzt am liebsten fressen würdest, aber ich habe noch eine ganz besondere Überraschung für dich. Dreh dich doch mal um!"

Susannes Herz klopfte ein wenig, als sie sich umdrehte. „Das darf doch nicht wahr sein, Mama, Papa, wo kommt ihr denn her?" Alle drei umarmten sich, als ob sie sich schon Jahre nicht mehr gesehen hätten. Die Gäste klatschten vor Begeisterung und jeder freute sich für jeden. Die Musiker nutzten diese Stimmung und begannen Rock 'n' Roll zu spielen. Schnell war die Tanzfläche wieder belegt und Susanne setzte sich mit ihren Eltern an einen kleinen Tisch weiter hinten im Garten, an einem etwas ruhigeren Platz. Hier erfuhr Susanne, dass Mareike diesen Überraschungsbesuch organisiert hatte. Ihre Eltern würden allerdings nur zwei Tage bleiben und schon am Montag wieder zurückfliegen. Susannes Mutter machte sich Sorgen. Sie wäre am liebsten ganz da geblieben, so lange, bis das Baby endlich da war. Susanne konnte sie aber beruhigen, schließlich waren es noch gut 4 Monate bis zur Geburt. Susannes Vater war ein guter Tänzer und so dauerte es nicht lange, bis ihre Eltern auch auf der

Tanzfläche waren.

Susanne brauchte jetzt etwas Ruhe. Die Gespräche mit ihren Eltern waren immer ein wenig anstrengend. Sie holte sich ein Glas Saft und ging zu ihrem Lieblingsplatz, der Bank vor der großen Eiche. Von hier aus konnte sie das rege Treiben gut beobachten. Alle Gäste schienen sich köstlich zu amüsieren. Ihre Eltern tanzten, Jenny war an der Sektbar umringt von mehreren Männern und Mareike und ihr Mann standen etwas abseits und schmusten. Bernd Jansen stand neben seiner Begleitung Jutta und deren Schulfreund, allerdings eher als das fünfte Rad am Wagen. Susanne sah, dass er etwas verloren umherschaute. Ach, und da war noch Maria, ihre gute Fee, sie kümmerte sich mit um das leibliche Wohl der Gäste. Alle waren der Einladung gefolgt. Alle? Bis auf einen. In dem Moment, als sie sich gerade Gedanken machen wollte, warum er nicht gekommen war, hörte sie auch schon hinter sich die ihr noch so vertraute Stimme, die leise zu ihr sagte: „Guten Abend Frau Rechtsanwältin. Darf ich mich zu Ihnen setzen?"

„Markus! Schön, dass du gekommen bist."

Susanne begrüßte Markus mit einem Küsschen auf die Wange, wobei Markus sie länger als notwendig im Arm hielt. Die nächste halbe Stunde erzählte man eher über allgemeine Dinge. Es hatte fast schon den Anschein, als scheute man das Thema „Gefühle".

„Von meiner Ersatzanwältin Mareike", Markus lachte, „habe

ich erfahren, dass du ebenfalls geschieden bist. Warum hast du dich danach nicht wenigstens mal bei mir gemeldet?" Markus schaute Susanne fragend an.

„Ach Markus, das hätte doch gar keinen Sinn gehabt. Ich erwarte ein Kind von meinem Exmann. Das kann und will ich dir nicht zumuten. Kannst du das nicht verstehen?"

„Nein! Was hat das damit zu tun, wer der leibliche Vater ist? Denkst du, ich würde dieses Kind deshalb weniger gern haben? Susanne, ich liebe dich und das Kleine hier natürlich auch." Er legte seine Hand auf ihren Bauch und schaute sie ganz lieb an.

Susanne legte ihre Hand auf seine und schaute Markus ebenfalls mit einem liebevollen Blick an. „Warum muss Liebe immer so kompliziert sein, Markus?" Ihre Augen füllten sich mit Tränen. Sie küsste Markus leicht auf den Mund, löste sich aus seiner Umarmung und lief ins Haus. Mareike beobachtete ihre Flucht ins Haus und ging ihr nach. In der Zwischenzeit begrüßte Jenny ihren Bruder sehr herzlich und nahm ihn mit an die Bar, wo sie ihn mit den anderen bekannt machte.

„Susanne, was ist passiert?", fragte Mareike, voller Sorge um das Baby.

„Ach Mareike, ich weiß überhaupt nicht mehr, was ich tun soll." Susanne erzählte ihr, wie ihr Exmann auf die Babynachricht reagiert hatte, und von dem Gespräch mit Markus eben auf der Bank.

„Weißt du, Susanne, so wie du erzählst, kennt dein Herz schon lange die Antwort. Du musst aber selbst entscheiden, dabei kann ich dir leider nicht helfen. Und nun komm, du hast Gäste unten!"

Es dauerte auch nicht lange, bis sich Susanne dann wieder unter die Gäste mischte. Sie hatte sich ein bisschen frisch gemacht und so ein wenig Zeit gehabt, sich gefühlsmäßig wieder etwas zu orientieren.

„Susanne, darf ich um den nächsten Tanz bitten?"

Markus Lindner führte Susanne zur Tanzfläche, wo gerade ein Blues gespielt wurde. Sie legte ihren Kopf an seine Schulter und spürte seine warme Hand auf ihrer Haut. Es durchzuckte sie so erregend, dass sie wünschte, es möge nie aufhören. Er schaute in ihre Augen und sie spürte wieder diese Vertrautheit, die bereits von Anfang an zwischen ihnen gewesen war. Ganz zart küsste er ihre Stirn.

„Geht es dir gut? Ich wollte dich vorhin nicht überfahren, aber ich konnte nicht anders, entschuldige bitte."

„Ist schon okay, Markus. Es geht mir gut."

„Ich hab dich so sehr vermisst, Klcincs."

Susanne hätte ihn am liebsten umarmt, ihm gesagt, wie sehr sie ihn auch vermisst hatte, wie sehr sie ihn liebte, aber nein, es durfte nicht sein. Schließlich bekam sie ein Kind von einem anderen Mann.

„Darf ich ablösen?", hörte sie die Stimme ihres Exmannes.

„Ungern", hörte sie Markus sagen, aber dennoch gab er sie frei.

„Bitte, Susanne, entschuldige mein Verhalten von vorhin. Selbstverständlich werde ich für dich da sein und natürlich auch für dieses Kind. Du, ich möchte, dass wir es noch einmal miteinander versuchen. Ich brauche dich."

Susanne traute ihren Ohren nicht. Sie schaute ihrem Exmann in die Augen und sagte sehr traurig: „Du sprichst gerade so, als ob dein Kind eine Sache wäre, um die man sich notgedrungen kümmern muss. Das kann keine Basis für einen Neuanfang sein. Im Übrigen, dort drüben steht deine momentane Partnerin. Du gehörst zu ihr."

„Susanne, ich werde um dich kämpfen, denn ich liebe nur dich."

„Ich habe dich immer geliebt. Du hattest die Möglichkeit, mir deine Liebe zu zeigen, warum hast du sie nur verspielt?" Mit diesem Satz löste sie sich und ging hinüber zur Bar, wo sich Markus die ganze Zeit angeregt mit ihrem Vater unterhalten hatte, bis Jenny dann ihren Bruder zum Tanz holte.

„Susanne, komm doch mal her", rief ihr Vater ihr zu. „Wusstest du, dass Herr Lindner sich so gut mit EDV auskennt? Er hat mir gerade angeboten, meinen PC ans Internet anzuschließen."

„Du meinst doch nicht etwa deinen PC auf Mallorca?"

„Ja, natürlich den, welchen denn sonst?"

„Weiß Markus das auch, dass sich dein PC auf Mallorca befindet?"

„Ähm, ich denke schon."

„Also weiß er es nicht", sagte Susanne und fing herzlich an zu lachen. „Ich bin gespannt, wie er reagiert, wenn er erfährt, dass er für einen Internetanschluss nach Mallorca fliegen soll."

Leider erfuhr das Susanne an diesem Abend nicht mehr, denn ihre Eltern gingen bald zu Bett und sie selbst dachte nicht mehr an dieses Thema. Es war bereits schon weit nach Mitternacht, als sich fast alle Gäste verabschiedet hatten. Die Männer vom Partyservice hatten schon alles weggeräumt und waren zusammen mit den Musikern gerade gegangen. Nur Markus und Jenny waren noch da. Markus hatte nur ca. 10 Minuten mit dem Auto bis nach Hause und Jenny schlief natürlich bei ihr im Gästezimmer.

„Ich schlage vor, wir drei trinken noch einen Kaffee, bevor wir das tolle Fest ausklingen lassen, einverstanden?", fragte Jenny, wartete die Antwort aber erst gar nicht ab, sondern ging direkt in die Küche.

Susanne und Markus standen vor einem großen Rosenstrauch, der durch die kleine Lichterkette wunderschön leuchtete. Die Rosen versprühten ihren zarten Duft und über ihnen war ein wunderschöner Sternenhimmel zu sehen.

„Dein Ex will dich zurück, stimmt's?", fragte Markus.

„Wie kommst du darauf?"

„Ich habe den ganzen Abend seinen Gesichtsausdruck beobachten können, immer wenn er dich ansah, aber besonders in dem Moment, als ihr zusammen getanzt habt. Er liebt dich noch immer, Susanne, und er freut sich sicher auf euer gemeinsames Kind."

„Nein, Markus, er braucht nur mal wieder eine Bestätigung. Sein Kind nimmt er nur wohl oder übel in Kauf. Da ist keine Liebe mehr."

„Menschen können sich ändern. Vielleicht hat dein Mann sich auch geändert."

„Da gebe ich dir recht, Menschen können sich ändern und jeder Mensch verdient wohl auch eine zweite Chance."

„Liebst du ihn noch?"

„Kennst du das Schmetterlingsgefühl?"

Markus schmunzelte und nickte leicht.

„Dieses Gefühl verspüre ich momentan auch sehr stark, aber halt nicht bei ihm."

„So, jetzt bin ich aber neugierig. Bei wem denn sonst?"

Susanne lächelte ihn lieb an und gab ihm überraschend ein kleines Küsschen auf die Nasenspitze. Markus lachte und trat hinter Susanne, legte seine Hände vorsichtig auf ihr Bäuchlein und streichelte zärtlich die leichte Wölbung. Plötzlich spürte er leichte Tritte.

„Sag mal, tritt das Zwerglein hier etwa oder bilde ich mir das nur ein?"

„Dem Zwerg werden deine Streicheleinheiten wohl guttun, deshalb macht er sich auch bemerkbar", sagte Susanne lachend.

„Meinst du, er spürt mich?" Markus war wirklich neugierig.

„Er spürt all das, was ich auch spüre. Ihm tut all das gut, was mir auch guttut – und dein Streicheln tut mir sehr gut."

„Am liebsten würde ich die ganze Nacht mit euch zweien hier stehen bleiben, dein Bäuchlein streicheln, deine Wärme spüren und dich einfach nur festhalten."

Markus küsste ganz zart Susannes Nacken und drehte sie dabei ganz langsam um. Susanne rieb ihre Nase liebevoll an seiner Nasenspitze und genoss es, als er ihre Lippen zärtlich mit seinen berührte. Es wurde ein sehr langer und leidenschaftlicher Kuss, der mehr besagte als alle Worte. Der Kuss dauerte so lange an, bis Jenny ihn mit ihrem Rufen, dass der Kaffee fertig sei, unterbrach. Hand in Hand gingen beide zum Haus. Jenny beobachtete die zwei und lächelte. Sie saßen noch eine Weile im Wohnzimmer und unterhielten sich, bis Jenny sich dann gähnend verabschiedete.

„Dann werde ich wohl jetzt auch mal gehen", sagte Markus, als Jenny das Zimmer verlassen hatte. „Du bist sicherlich auch sehr müde."

„Bitte, Markus, lass mich noch nicht alleine. Bleib hier heute Nacht, bei mir."

„Diesen Wunsch kann ich natürlich nicht abschlagen", sagte Markus gespielt ernst.

„Komm, ich kenne einen Platz, der wesentlich gemütlicher ist."

Susanne nahm seine Hand, führte ihn in ihr Schlafzimmer und ließ sich aufs Bett fallen.

„Wie gefällt dir dieses Ambiente?" Sie lächelte.

„Es regt etwas meine Fantasien an", erwiderte Markus ebenfalls lächelnd und legte sich neben sie.

„Welche Fantasien hast du denn?" Susanne fing an zu necken.

„Möchtest du sie hören oder soll ich sie dir lieber zeigen?"

„Beides", kam es mehr gehaucht.

Susanne richtete sich leicht auf und küsste Markus lieb auf den Mund. Es wurde wieder ein langer, zärtlicher, aber zugleich auch ein sehr leidenschaftlicher Kuss. Markus schob die Träger ihres Kleides zur Seite und knabberte an ihren Schultern. Ganz zart massierte er ihren Busen und umspielte die Brustwarzen mit seiner Zunge. Während Susanne ihm langsam das Hemd und die Hose auszog, streifte er ihr Kleid über ihre Hüften und fuhr dann mit seinem Zeigefinger langsam vom Busen über ihre

Hüfte bis zum Bauchnabel entlang. Zärtlich streichelte er ihr kleines Bäuchlein.

„Soll ich dich etwas massieren?", fragte Markus und küsste dabei ihr Ohrläppchen.

„Das ist ein wunderbarer Vorschlag."

Susanne legte sich auf den Bauch, was ihr im Moment gerade noch möglich war. Markus küsste ihren Nacken und begann dann langsam mit der Massage, vom Nackenbereich hinunter bis zu ihrem Poansatz. Warm und weich fühlten sich ihre Rundungen an. Seine Hände wechselten sich ab, im Streicheln und im ganz zarten Kneten. Susanne genoss die Berührungen sichtlich, was man dem leichten Stöhnen entnehmen konnte. Ihre kehligen Laute und ihre leichten erotischen Hüftbewegungen erregten Markus sehr. Er massierte ihre Taille und bewegte dann seine Hände weiter nach unten. Den Pobereich ließ er bewusst erst einmal aus. Zart streichelte er die Innenflächen ihrer Schenkel und ließ seine Finger Zentimeter für Zentimeter nach oben gleiten. Er spürte ihre Wärme und ihre schon sehr feuchte Erregung. Er hörte sie nichts sagen, aber er konnte hören, dass sie wesentlich lauter atmete. Eigentlich stöhnte sie schon mehr.

„Komm, Schatz, leg dich auf die Seite, dann hast du es etwas bequemer."

Susanne kam dieser Bitte gerne nach und drehte sich langsam um. Markus lag dicht hinter ihr, ließ seine warmen Hände weiter auf Wanderschaft gehen und drückte seinen muskulösen Körper etwas fordernder an ihren. Sie spürte einerseits seinen harten Druck an ihrem Po und andererseits seine Hände, die sich langsam ihrem Dreieck näherten. Ihre Erregung war so stark, dass es schon fast wieder weh tat. Sie fühlte seine Finger durch ihr Schamhaar gleiten und spürte, wie er auf einmal begann, ganz zärtlich ihre Lustperle zu massieren. Sie hatte ihre Augen schon lange geschlossen, gab sich ihm bedingungslos hin und wollte einfach nur noch diese Zärtlichkeiten genießen. Dann fühlte sie seinen heißen Atem an ihrem Hals, als er ihr ins Ohr flüsterte: „Ich möchte dich gerne überall mit meinen Küssen verwöhnen, darf ich?"

Susanne drehte sich sehr aufreizend auf den Rücken.

„Ich glaube, ich könnte süchtig werden nach dir."

„Na, das will ich auch schwer hoffen." Markus lächelte und ließ dann seine Zunge an ihrem Körper hinuntergleiten.

Sie genoss es sehr, wie seine Zunge langsam, aber intensiv ihre Lustperle umspielte. Ihre Hände vergruben sich in seinem Haar.

„Oh, das tut so gut", stöhnte sie.

Sie fühlte seine Hände und seine Zunge plötzlich überall und das erotische Gefühl in ihrem Unterleib erreichte plötzlich den Höhepunkt. In ihr vibrierte es und ein Zucken durchströmte ihren gesamten Körper. Es dauerte eine ganze Weile, bis diese enorme Gefühlswelle wieder etwas abgeklungen war.

Er kniete sich vor ihr auf die Bettdecke und sah sie mit einem durchdringenden Blick an. Seine Zunge knabberten an ihrem Ohrläppchen. Es dauerte nicht lange und sie war schon wieder wahnsinnig feucht und ihr Herz setzte fast aus.

Sie nahm seine Hand und legte sie auf ihre Brust, sie fühlte sich herrlich warm an.

Vorsichtig, als hätte er Angst sie zu zerbrechen, begann er ihre Brüste zu streicheln und zu kneten.

Er beugte den Kopf und küsste zart ihren Hals, wanderte mit den Lippen zu ihren Brustspitzen, leckte sie ganz zart und saugte an ihnen.

Sie lag stöhnend und mit geschlossenen Augen vor ihm.

Als er mit seinem Finger unsagbar langsam in sie eindrang, begann auch sie ihn zu streicheln. Langsam fanden ihre Finger den Weg zu seinem großen festen warmen Glied und umklammerten es fest.

Ganz langsam, öffnete sie etwas weiter ihre Schenkel. Markus verstand diese Aufforderung auch ohne weitere Worte und kam dieser nun auch sehr gerne nach. Seine Bewegungen waren zuerst noch sehr langsam und leicht kreisend. Aber ihr Duft, die Wärme ihrer Haut und der Klang ihrer erotischen Laute erregten ihn zunehmend mehr, sodass seine Bewegungen schneller, sein Atem hörbar lauter wurde, bis zu dem Augenblick seines erlösenden und erleichternden Stöhnens. Beide genossen nacheinander die Wellen eines wunderschönen und intensiven

Höhepunktes und lagen nun eng aneinander gekuschelt und sich streichelnd nebeneinander. Sie sagten kein Wort, denn sie fühlten beide den Beginn einer großen Liebe. Die Morgensonne ging schon auf, als sie erschöpft einschliefen.

„Kaffee ist fertig!", hörten sie Jenny aus der Küche rufen.

„Guten Morgen, mein Schatz." Markus küsste Susanne wach, die im ersten Augenblick nicht ganz genau wusste, wie ihr geschah.

„Dir auch einen wunderschönen guten Morgen", flüsterte Susanne und lächelte.

„Möchtest du noch mal verwöhnt werden oder ziehst du eine Tasse heißen Kaffee vor?", fragte Markus mit diesem gespielten ernsten Blick.

Susanne antwortete nicht, sondern umarmte und küsste ihn leidenschaftlich.

„Ich habe verstanden. Schwesterlein muss wohl mit dem Kaffee warten!", sprach er lächelnd und kümmerte sich dann ausgiebig um das körperliche Wohlergehen von Susanne.

Nach einem langen gemeinsamen Frühstück musste sich Markus dann aber verabschieden.

„Ich bin leider bis Freitag auf einer Tagung in Frankfurt, aber ich rufe dich jeden Abend an, versprochen." Markus hielt Susanne in seinem Arm und knabberte spielerisch an ihrem Ohrläppchen.

„Ich freue mich schon auf unser Wiedersehen."

„Ich mich auch, Liebes. Am liebsten würde ich dich mitnehmen, aber das geht ja nicht. Wenn du möchtest, hole ich dich am Freitagabend ab und wir zwei, oh, besser wir drei, gehen ganz romantisch essen, ja?"

„Angebot sehr gerne angenommen."

Susanne fuhr mit ihren Fingern durch sein schon leicht ergrautes Haar, zog seinen Kopf zu sich herunter und küsste ihn. Sie umspielte mit ihrer Zungenspitze seine Lippen und schmiegte sich dabei ganz eng an ihn. Markus genoss sie sehr, die zärtliche Spielerei, und erwiderte ihre Zärtlichkeiten. Vom ersten Augenblick an hatte er gewusst, dass sie seine Herzensfrau war, und er würde alles tun, um diese noch so zerbrechliche Liebe zu festigen. Susanne winkte Markus noch einmal zu, als er mit dem Auto wegfuhr, und ging dann träumend zurück in die Küche.

„Du liebst ihn sehr, stimmt's?", fragte Jenny, als sie in die Küche zurückkam.

„Oh ja, sehr sogar." Susanne lächelte und verzog sich nochmals für ein Stündchen in ihr Bett.

Kapitel 10

„Kommt heute nicht Markus zurück?", fragte Jenny und verdrückte das letzte Stückchen Käsekuchen von ihrem Teller.

„Ja, er will mich heute Abend abholen und dann wollen wir schick essen gehen. Du bist doch nicht böse, wenn ich dich dann mal dem Fernseher überlasse, oder?"

„Ach wo", lachte Jenny, „ich werde diesem Liebesglück doch nicht im Wege stehen. Wann wollte Markus denn kommen?"

„Keine Ahnung, er wusste noch nicht genau, wann die Tagung zu Ende sein würde. Aber er wird anrufen, sobald er wieder hier in Freiburg ist."

Susanne hatte sich diese Woche freigenommen, sodass sie und Jenny in den letzten Tagen sehr viel unternehmen konnten. Zuerst brachten sie am Montag Susannes Eltern zum Flughafen und anschließend machten sie eine ausgiebige Shopping-Tour, während der sich Susanne noch das ein oder andere Umstandskleid kaufte. Die nächsten Tage waren ausgefüllt mit verschiedenen Ausflügen, Kino und dem Besuch des Musicals „Die Schöne und das Biest". Markus rief jeden Abend bei Susanne an und kein Telefonat endete unter einer Stunde. Sie fand es einfach immer wieder schön, seine Stimme zu hören, sein herzliches Lachen aufzunehmen und seine lieben Worte zu spüren. Mit jedem Tag, der verging, fühlte sie, wie ihre Liebe zu diesem Mann stärker wurde. Sie freute sich schon so sehr, ihn an diesem Abend endlich wiederzusehen, dass sie schon allein bei dem Gedanken an ihn Herzklopfen bekam.

„Denkst du gerade an ihn?", fragte Jenny, als sie sah, dass ihre Freundin mal wieder mit einem verträumten Blick Löcher in die Luft starrte.

„Jesses, sieht man mir das schon an?", lachte Susanne und zwinkerte Jenny zu.

Sie saßen gemütlich in dem kleinen Café am See, welches für Freitagmittag schon sehr gut besucht war. Es war ein kleines Ausflugslokal, das auch für romantische Stunden optimal geeignet war. Der Inhaber, man nannte ihn einfach nur „Max", legte sehr viel Wert darauf, dass seine Gäste sich bei ihm wohl fühlten, ob draußen auf der Sommerterrasse oder drinnen am urigen, offenen Kamin. Susanne und Jenny saßen draußen, an einem kleinen, runden Tisch mit direkter Aussicht auf den See. Sie ließen sich Kaffee und Kuchen schmecken, schwelgten in alten Zeiten und beobachteten die wenigen Segelboote. Der Nachmittag verging wie im Fluge und man spürte, dass es langsam auffrischte. Der Wetterbericht hatte bereits schon für den frühen Abend schwere Gewitter vorhergesagt.

„Komm, Jenny, lass uns zahlen und nach Hause fahren. Wenn's hier nämlich mal so richtig anfängt zu regnen, dann möchte ich nicht unbedingt mit dem Auto unterwegs sein."

Sie waren gerade vor Susannes Häuschen angekommen, als die ersten Donnerschläge zu hören waren. Das Unwetter nahte sehr schnell heran und so prasselte kurz danach auch schon starker Regen gegen die Scheiben. Susanne machte sich einen Kakao und ging hinüber ins Wohnzimmer. Sie knipste die Lampe in der Ecke an, legte eine CD mit entspannender Musik ein und machte es sich dann gemütlich auf dem Sofa bequem. Jenny setzte sich in den großen Schaukelstuhl und lauschte der Musik. Es lag eine angenehme, ruhige Atmosphäre im Raum, die allerdings durch das Klingeln von Jennys Handy unterbrochen wurde.

„Aha, das ist entweder mein Schatz Markus oder dein Schatz Garry", stellte Susanne lächelnd fest.

„Hallo, hier ist Jenny Olsen. ... Wie bitte, ... nein, ... ja natürlich, ... sofort!"

Susanne konnte keinen Zusammenhang des Gespräches erkennen, sie spürte aber, dass es keine gute Nachricht war.

Jenny legte das Handy beiseite. Ihr liefen die Tränen die Wangen hinunter. Wie in Trance setzte sie sich neben Susanne aufs Sofa.

„Jenny, um Gottes willen, was ist passiert? Ist was mit Garry?"

Jenny schüttelte den Kopf. Langsam drehte sie sich um und schaute Susanne in die Augen. „Susanne! Es war das Marien-Krankenhaus hier in Freiburg. Markus hatte einen schweren Autounfall. Es steht sehr schlimm."

„Nein, nein!" Susanne schlug die Hände vors Gesicht und fing an zu weinen. Jenny nahm sie in den Arm und beide ließen ihren

Tränen erst mal freien Lauf. Susanne war die Erste, die sich nach einiger Zeit wieder etwas gefangen hatte.

„Komm, Jenny, lass uns zu ihm fahren. Hier werden wir nur verrückt!"

Susanne wusste, wie sehr dieser Unfall jetzt bei Jenny alte Wunden aufriss. Lange hatte Jenny gebraucht, um den Tod ihres Mannes zu verkraften, den sie ebenfalls bei einem Autounfall verloren hatte. Sollte sie nun auch ihren Bruder auf die gleiche Weise verlieren? Nach einer Stunde kam das Taxi endlich am Eingang des kleinen Krankenhauses an, welches hauptsächlich von Nonnen geleitet wurde. So wurden sie auch gleich persönlich von einer Schwester in schwarzer Tracht empfangen und zu dem leitenden Arzt der Intensivstation gebracht. Dr. Dariusz Rössler war schon ein älterer Herr. Susanne schätzte ihn auf Mitte fünfzig. Er machte einen väterlichen Eindruck, was beiden in dem Moment sehr gut tat. Er bat Susanne und Jenny in sein Ärztezimmer und berichtete dann über den Gesundheitszustand von Markus. Die Situation war sehr ernst und Dr. Rössler machte ihnen deshalb auch keine Hoffnungen, die er vielleicht nicht einhalten konnte. Markus war gerade von der Autobahn abgefahren und schon auf der Bundesstraße nach Freiburg gewesen, als ihm von einem Lkw die Vorfahrt genommen wurde. Durch den starken Zusammenprall wurde er in seinem Wagen total eingequetscht und konnte nur mithilfe der Feuerwehr aus seinem Wagen geborgen werden. Er erlitt mehrere Schnittverletzungen, seine Leber und Milz waren angerissen und das rechte Bein war gebrochen. Das Schlimmste aber war die Kopfverletzung. Dr. Rössler schaute über den Rand seiner Brille hinweg, nahm seine Brille dann aber ab und sagte in einem sehr mitfühlenden Ton: „Die Schnittverletzungen haben wir versorgt und auch das Bein ist bereits eingegipst. Die Risse in der Leber und in der Milz haben wir bereits operativ geschlossen und auch die Kopfverletzungen, soweit es möglich war. Allerdings ist Herr Lindner immer noch im Koma, das heißt, er ist nicht bei Bewusstsein und ich muss Ihnen leider sagen, dass die kritische Phase erst noch kommt. Diese Nacht wird für sein Überleben sehr wichtig sein."

Jenny schlug die Hände vors Gesicht. Sie wollte das alles nicht mehr hören, sie konnte es nicht mehr ertragen.

„Können wir zu ihm?", fragte Susanne, die nach außen hin gefasster schien als Jenny.

„Ja, ich bringe Sie zu ihm. Aber Frau Jansen, denken Sie, dass Sie das hier wirklich durchstehen?" Dr. Rössler hatte natürlich bemerkt, in welchem Zustand sie war, und wollte nichts riskieren.

Susanne nickte nur und so begleiteten sie Dr. Rössler zur Intensivstation. Sie zogen sich die sterilen grünen Kittel über, legten einen Mundschutz an und folgten dem Arzt, der bereits langsam vorging.

Sie betraten das Zimmer, welches nur spärlich beleuchtet war. Es gab nur ein Bett in diesem Zimmer, unzählige Apparate, Kabel und Lichter. Hier und da ertönte ein Signal, welches dann von der Krankenschwester überprüft wurde.

„Sie brauchen keine Angst zu haben – diese Signale sind ganz normal", sagte die Schwester zur Beruhigung.

Susanne trat näher an das Bett heran und erschrak im ersten Augenblick. Oh Gott, was musste er nur durchgemacht haben. Sie spürte, wie Dr. Rössler sie leicht an den Schultern nahm und sie in Richtung Stuhl schob, wo sie sich mit zitternden Knien niederließ. Jenny setzte sich ebenfalls auf den Stuhl an der anderen Seite des Bettes. Ihr liefen die Tränen. Warum musste sie das alles noch einmal erleben? Hatte all das damals nicht gereicht?

Susanne ging zu ihr rüber, reichte ihr ein Taschentuch und nahm sie in den Arm. „Kopf hoch, Jenny. Markus wird wieder ganz gesund, ich spüre das!" Obwohl sie selbst jetzt am liebsten geweint hätte, wusste sie, dass ihr dies zwar jetzt gutgetan hätte, aber nicht Jenny. Sie konnte später immer noch weinen, aber nicht jetzt. Für Jenny war das alles dann aber doch zu viel. Sie ging mit Dr. Rössler hinaus. Susanne ging ihr nicht nach. Sie wollte bei Markus bleiben und für ihn da sein, wenn er aufwachte. Es herrschte eine mystische Stille, die nur von den Geräuschen der Geräte begleitet wurde. Die Nachtlampe gab eine spärliche Beleuchtung ab und Susanne fror ein wenig. Es überkam sie plötzlich das Bedürfnis zu beten. Sie faltete ihre Hände und begab sich gedanklich in eine andere Sphäre. Sie war keine Kirchengängerin, aber sie war überzeugt davon, dass es da etwas gab zwischen Himmel und Erde, das man nicht sehen, fühlen oder riechen konnte. Aber es war da, wenn man es brauchte. Und diese Einstellung hatte ihr schon so oft Halt und auch Hoffnung gegeben, gerade in Phasen, als sie selbst dachte, es ginge nicht mehr weiter. Eine ganze Weile war sie so ganz intensiv mit ihren Gedanken und Vorstellungen beschäftigt, bis sie die Krankenschwester bemerkte, die ihre Routineüberprüfung machte. Ein paar Minuten später waren sie aber auch schon wieder allein.

Susanne betrachtete Markus sehr lange. Seine markanten Gesichtszüge waren trotz des Verbandes nicht zu übersehen. Susanne beugte sich nach vorne und berührte mit ihren Lippen ganz zärtlich die seinen. Erwiderte er gerade ihren Kuss oder bildete sie sich das jetzt nur ein?

„So weit bin ich jetzt schon, mein Schatz. Vor lauter Verliebtheit sehe und spüre ich schon Dinge, die gar nicht sein können." Susanne lächelte und streichelte dabei ganz vorsichtig über seine Wange. Sie wusste, dass Koma-Patienten hören und auch alles aufnehmen konnten. Sie konnten sich nur nach außen hin nicht artikulieren.

Es war schon in den frühen Morgenstunden, als Susanne dann doch die Müdigkeit überfiel. Sie saß die ganze Nacht über am Bett, streichelte die Hände von Markus und erzählte ihm dabei viele Dinge aus ihrem Leben. Irgendwann aber legte sie dann ihren Kopf auf seine Brust und fiel direkt in einen tiefen Schlaf. Sie wachte erst auf, als sie ein leichtes Streicheln an ihrem Ohr spürte. Das Gefühl war zu schön, sodass Susanne ihre Augen noch ein bisschen geschlossen hielt und einfach nur das Streicheln genoss. Langsam öffnete sie dann aber doch ihre Augen und schaute in ein lächelndes Gesicht.

„Guten Morgen, mein Schatz", kam es zwar sehr leise, aber voller Liebe aus Markus seinem Mund. Jedes Wort strengte ihn noch an, das konnte man sehen. Susanne hob ihren Kopf und gab ihm einen zärtlichen Kuss. Ihr liefen Tränen der Erleichterung die Wangen hinab. Markus streichelte über ihr Gesicht und wischte die Tränen fort.

„Bitte nicht weinen, Kleines!"

„Das sind Tränen des Glücks, die weine ich gerne."

„Was macht unser Zwerg?", fragte Markus mit einem Zwinkern.

„Unserem Zwerg geht es sehr gut. Er freut sich schon, bald mit dir schmusen zu dürfen." Susanne legte ihren Kopf wieder auf seine Brust und spürte seinen Herzschlag. Sie wusste, dass nun alles gut werden würde.

Dann ging die Tür auf. Jenny und Dr. Rössler kamen ins Zimmer herein. Markus hob leicht die Hand und lächelte seiner Schwester zu.

„Na, Herr Lindner – habe ich Ihnen nicht eine tolle Nachtschwester geschickt?" Dr. Rössler schien sichtlich erleichtert, dass sein Patient diese Nacht so gut überstanden hatte, und nahm Susanne väterlich in seinen Arm. Er schaute erst Markus an, sprach dann aber in einem etwas gespielten, ernsten Ton zu Susanne: „Trotz großer Liebe, als ärztliche Anweisung verordne ich Ihnen und dem Baby jetzt allerdings Ruhe. Sie werden jetzt zusammen mit Frau Olsen nach Hause fahren und sich etwas ausruhen. Ihr Liebster ist hier in besten Händen."

„Davon bin ich überzeugt", sagte Susanne sehr erleichtert. Sie beugte sich noch mal zu Markus hinunter, gab ihm einen zarten Kuss, zuerst auf seine Nasenspitze und dann auf seinen Mund. Sie flüsterte ihm noch ein paar liebe Worte ins Ohr, bevor sie dann müde, aber glücklich nach Hause fuhr.

Die nächsten Wochen waren für Susanne sehr anstrengend. Tagsüber versuchte sie, sich einigermaßen auf ihre Arbeit zu konzentrieren, und abends besuchte sie Markus im Krankenhaus. Ihre Kollegin Mareike unterstützte sie sehr, sodass sie sich auch tagsüber mal kurz hinlegen konnte. Die seit Tagen herrschende Sommerhitze machte Susanne schwer zu schaffen.

„Der Sommer macht dieses Jahr seinem Namen wirklich alle Ehre. Diese hohen Temperaturen und so viel Sonne pur. Na ja, die nächsten paar Wochen werde ich auch noch durchstehen. Hoffe nur, dass sich Dr. Anders mit dem Geburtstermin nicht verrechnet hat", lachte Susanne und setzte sich zu Maria an den Schreibtisch.

„Sie haben jetzt so viel geschafft, Susanne, dass das, was jetzt noch kommt, ein Kinderspiel für Sie wird." Maria war stolz auf ihre Chefin und freute sich, mit ihr zusammenarbeiten zu dürfen, aber auch eine mütterliche Freundin für sie sein zu können.

„Fahren Sie nachher wieder ins Krankenhaus?"

„Was für eine Frage, Maria. Natürlich." Susanne lächelte. „Markus erholt sich von Tag zu Tag mehr und wird voraussichtlich nächste Woche das Krankenhaus verlassen können."

„Das freut mich für Sie beide, vor allem werden auch Sie etwas mehr Ruhe brauchen die nächste Zeit."

„Vielen Dank für die Fürsorge, Mama Maria." Susanne lachte herzlich, ging hinüber zu Maria und drückte sie. „Schön, dass ich Sie habe, Maria", gab ihr ein Küsschen auf die Wange und war auch schon auf dem Weg zu ihrem Auto. Maria stand am Fenster und schaute ihr nach. Eine kleine Träne löste sich aus ihrem Auge. Jetzt aber mal nicht sentimental werden, Frau Sekretärin, sprach sie lächelnd zu sich selbst, setzte sich wieder an ihre Schreibmaschine und führte ihre Arbeit fort.

Susanne wollte erst noch einkaufen, bevor sie zu Markus fuhr. In dem kleinen Tante-Emma-Lädchen kaufte sie ein paar Leckereien ein, eine Flasche Orangensaft und ein paar Zeitungen. Ich verwöhne Markus viel zu sehr, dachte sie, als sie wieder mit einer großen Tüte beladen das Krankenzimmer betrat. Als sie ihn dann aber sah, schlummernd auf seinem Bett liegend, wusste sie genau, dass sie das Richtige tat.

„Hallo Knuddelbär, aufwachen!" Susanne küsste ihn zart auf

seinen Mund. Markus öffnete ein Auge, grinste frech, zog sie zu sich herab und vervollständigte den Kuss mit einer Portion Intensität und Leidenschaft.

„Es wird Zeit, dass der Herr entlassen wird", lachte Susanne, als sie zwischendurch mal zum Luftholen kam. „Ich stelle nämlich fest, dass der Hormonspiegel des Patienten schon wieder ganz in Ordnung ist."

„Der Hormonspiegel des Patienten war noch nie so gut wie jetzt." Markus lachte laut, nahm Susanne in den Arm und knabberte an ihrem Ohrläppchen. „Du, ich habe euch zwei vermisst. Ich werde jetzt den Antrag auf ein zweites Bett stellen, dann habe ich euch den ganzen Tag bei mir. Meinst du, der Doktor würde das erlauben?"

Susanne lachte herzlich, löste sich aus seiner Umarmung und packte die Leckereien aus.

„Ich habe was zum Knabbern mitgebracht und etwas Orangensaft, magst du?"

„Hm, ich würde jetzt eigentlich viel lieber etwas an dir knabbern, wenn ich darf."

„Tut mir leid, mein Schatz, aber strikte ärztliche Anweisung von Dr. Rössler. Keine unnötige Aufregung und vor allem keine Erregung."

Markus machte einen Schmollmund. „Das ist aber keine gute Therapie. Wie soll ich denn da gesund werden?" Er zwinkerte frech und gab ihr noch ein kleines Küsschen auf die Nasenspitze.

Susanne liebte solche Gespräche. Sie hatten etwas total Erotisches an sich, vor allem mit viel Stil, und darauf legte sie großen Wert. Sie mochte diese Art der Eroberung, das liebevolle, etwas Zweideutige, in das man selbst den Inhalt hineininterpretieren konnte. Mit Markus konnte sie diese Art Gespräche ohne Bedenken führen, sie hatte vollstes Vertrauen zu ihm. Susanne breitete die Leckereien und die Getränke auf dem kleinen Tisch auf dem Balkon aus, wo die Krankenhausatmosphäre nicht ganz so stark zu spüren war.

„Ich werde am Donnerstag nach Hause entlassen."

„Am Donnerstag schon? Oh, wie schön! Endlich – ich freu mich."

„Ja, ich mich auch. Und am Freitagabend hole ich dich ab und wir gehen ganz romantisch essen. Schließlich haben wir noch eine Verabredung ausstehen."

Susanne neckte Markus und spielte die Nachdenkliche. „Oh, einen Moment, da muss ich erst mal in meinem Terminkalender nachschauen, ob ich morgen Abend überhaupt Zeit habe."

„Sie werden doch wohl eine Einladung von dem bestaussehendsten, höflichsten und sympathischsten Unternehmer weltweit nicht ausschlagen wollen, oder?"

„Eine solche Einladung würde ich schon ausschlagen", sagte

Susanne lächelnd, „aber eine Einladung von dem Mann meines Herzens, die nehme ich gerne an."

Markus nahm den Susannes Kopf in seine Hände und küsste sie dermaßen zärtlich, dass sie fast das Gefühl hatte, ohnmächtig zu werden.

„Ich habe noch nie eine Frau so geliebt wie dich, Susanne. Ich danke Gott, dass ich dich kennenlernen durfte."

Susanne legte ihren Kopf an seine Schulter und genoss dieses wunderschöne Glücksgefühl.

„Ich liebe dich auch so sehr. Ich bin so glücklich und ich wünsche mir, dass dies immer so bleibt."

„Ich werde alles Notwendige dazu tun, mein Kleines", lächelte Markus sie an.

Die Zeit verging viel zu schnell und es war schon relativ spät, als Susanne das Krankenhaus verließ. Sie ging langsam über den Flur, der zum Ausgang führte. Dieser Gang verursachte bei ihr immer wieder ein gewisses Unwohlsein und sie war froh, dass Markus übermorgen das Krankenhaus verlassen konnte und sie diese Räumlichkeiten dann nicht mehr aufsuchen musste.

„Hallo Frau Jansen, ich grüße Sie."

Susanne war gerade dabei, ihr Auto aufzuschließen, als sie diese, ihr unbekannte Stimme hörte. Sie drehte sich um und sah einen großen, dunkelblonden Herrn auf sich zukommen.

„Sie kennen mich nicht mehr, stimmt's?"

„Moment – ach jetzt weiß ich wieder. Dr. Sander, nicht wahr?“

Dr. Sander war Urologe. Vor drei Jahren hatte er sich mit einem anderen Arzt zusammengetan und ihr Exmann hatte damals die rechtliche Seite der Zusammenlegung betreut. Bei einem solchen Termin hatten sie sich dann auch kennengelernt.

„Schön, dass wir beide uns auch mal wieder sehen. Ihren Mann sehe ich ja regelmäßig, aber Sie sind ja nie dabei.“

„Ist Ihre Zusammenlegung noch nicht abgeschlossen?“, fragte Susanne sichtlich irritiert.

„Doch natürlich. Ihr Mann kommt doch wegen den regelmäßigen Nachuntersuchungen immer zu mir. Aber wie ich sehe, ist der Eingriff nicht so erfolgreich gewesen.“

„Dr. Sander, ich verstehe im Moment gar nichts. Welcher Eingriff, welche Nachuntersuchungen?“

„Aber Frau Jansen, haben Sie es schon vergessen? Ihr Mann hat sich doch vor zwei Jahren sterilisieren lassen und danach sind nun halt diese Nachuntersuchungen notwendig. Komisch, dass Ihr Mann bisher nichts von der Schwangerschaft erwähnt hat. Na ja, dann wünsche ich Ihnen alles Gute und grüßen Sie mir bitte Ihren Mann.“

Susanne stand da wie angewurzelt und es dauerte einige Minuten, bis sie sich in ihr Auto setzte. Ihr war so, als hätte sie gerade ein Blitz getroffen. Das konnte doch nicht wahr sein. Fast zwei Jahre lang hatte ihr Exmann ein Spiel mit ihr gespielt. Ihm war doch bekannt, wie sehr sie sich Kinder wünschte. Immer und immer wieder hatte er sie auf später vertröstet und dabei ganz genau gewusst, dass er gar keine Kinder mehr zeugen konnte. Susanne fuhr wie in Trance nach Hause. Ihr war total übel. Sie ging hinauf ins Wohnzimmer und legte sich auf die Couch. Mit was hatte sie so einen Vertrauensbruch verdient? Warum hatte er nicht ehrlich mit ihr darüber reden können, dass er auf keinem Fall Kinder haben wollte? Warum betrog er sie auch noch auf diese Art und Weise? Susanne kamen die Tränen vor lauter Wut, aber hauptsächlich vor Enttäuschung.

Jetzt verstand sie auch die Bedeutung seiner Reaktion auf die Baby-Nachricht: „Susanne, das kann nicht sein." Natürlich konnte das nicht sein, er konnte ja gar nicht der leibliche Vater sein. Plötzlich schoss Susanne aus ihrer Liegeposition nach oben. Markus! Markus war der leibliche Vater ihres Kindes! Das gab es doch gar nicht. Das war das Ergebnis ihrer zärtlichen Stunden oben auf der Hütte. Susanne wurde es schwindlig. Sie bekam tatsächlich ein Kind von dem Mann, den sie über alles liebte. Sie konnte es immer noch nicht glauben.

Susanne musste diese Nachricht jemandem mitteilen. Normal wäre es gewesen, als Erstes Markus damit zu überraschen. Aber das wollte sie erst tun, wenn er wieder aus dem Krankenhaus war. Jenny? Klar, Jenny, was lag näher? Jenny war vor einer Woche wieder in die Schweiz zurückgefahren. Sie wusste, dass ihr Bruder auf dem Wege der Besserung war, und konnte hier somit nichts mehr tun. Susanne wählte die Nummer von Jenny und hörte das Rufzeichen. Es meldete sich niemand, sie wollte gerade wieder auflegen, als sie plötzlich doch Jennys Stimme hörte.

„Jenny Olsen."

„Hallo Jenny, hier ist Susanne."

„Susanne? Oh Gott, was ist passiert? Ist was mit Markus?"

„Nein, nein, es ist nichts passiert und Markus geht es gut. Jenny, ich habe eine Überraschung für dich, halt dich gut fest."

„Susanne, du weißt, ich hasse Überraschungen."

„Ja, ja, aber diese Nachricht muss sein. Ich hoffe, du sitzt gut. Also – dein lieber Bruder wird Vater."

„Das darf doch nicht wahr sein. Kenne ich diese Frau?" Jenny klang gereizt.

„Ja, du kennst sie", erwiderte Susanne in gespielt ernstem Ton. „Sie will deinen Bruder übrigens heiraten und ich denke, dass er sie auch heiraten wird."

„Oh Susanne, das gibt es doch alles nicht. Das hätte ich meinem Bruder nie zugetraut, ich dachte, er liebt nur dich. Dieser Schuft, dem werde ich die Leviten lesen, heute noch ..."

„Jenny, beruhige dich", unterbrach Susanne den Wortschwall und lachte nun herzlich ins Telefon.

„Wie kannst du da noch lachen? Er hat dich doch irgendwie betrogen." Jenny war außer sich. Alles konnte sie verstehen, aber keine Unehrlichkeit.

„Jenny?" Susanne sprach nun ganz leise. „Willst du wissen, wer die Frau ist, die ein Kind von ihm erwartet?"

„Ich höre!"

„Diese Frau bin ich. Dein Bruder ist der leibliche Vater. Du wirst Tante, liebe Jenny. Aber bitte sag Markus nichts. Ich möchte ihn gerne selbst damit überraschen."

Jenny war zuerst sprachlos, sodass Susanne schon dachte, sie hätte einfach aufgelegt. Aber dann war die Freude groß und Susanne erzählte ihr alles, von Anfang an. An diesem Abend ging Susanne überglücklich zu Bett und freute sich schon auf Freitagabend.

Kapitel 11

Markus fuhr pünktlich um 20.00 Uhr vor Susannes Haus vor. Er trug eine beigefarbene Hose, ein dunkelgraues, kurzärmliges Hemd und die passende Krawatte dazu. Sein Sakko hatte er im Auto gelassen, da es immer noch sehr warm war. „Mensch, sieht dieser Mann gut aus!", sagte sie leise zu sich selbst. Sie schaute nochmals in den Spiegel und war auch mit ihrem Aussehen sehr zufrieden. Sie hatte einen beigefarbenen, kurzen Rock an. Darüber trug sie in der gleichen Farbe eine ärmellose Jacke mit einem schönen V-Ausschnitt. Die Jacke war etwas länger, sodass man von dem Rock nur ein wenig sehen konnte. Um ihren Hals trug sie einen braun-beigefarbenen Seidenschal, der ihre wohlgeformte, leicht gebräunte Oberweite schön zur Geltung brachte.

Susanne ging zur Tür, um Markus zu öffnen.

„Guten Abend, ich habe eine Verabredung mit einer Frau Susanne Jansen. Bin ich da richtig hier?", fragte Markus lachend. Er wartete aber erst gar keine Antwort ab, sondern nahm sie einfach in den Arm und küsste sie.

Susanne schloss nach dem intensiven Begrüßungskuss zuerst mal die Haustür.

„Wollen wir erst noch eine Kleinigkeit trinken oder gleich fahren?"

„Ich habe für 20.30 Uhr einen Tisch reserviert und du kennst doch meine Pünktlichkeit", erwiderte Markus mit einem Lächeln im Gesicht.

„Das stimmt, die kenne ich, also fahren wir gleich." Susanne lachte.

Pünktlich kamen sie an dem kleinen Restaurant an. Es lag etwas außerhalb von Freiburg, in einem kleinen Dörfchen. Susanne war hier noch nie gewesen, sie war aber sehr angenehm überrascht. Es war ein kleines, aber sehr schickes Restaurant. Die Einrichtung entsprach einem italienischen Stil. Auf den überwiegend kleinen Tischen, die in einer Art Nischenform voneinander getrennt waren, standen Kerzen, die dem Ganzen noch eine besondere Atmosphäre verliehen.

„Guten Abend, Herr Lindner, darf ich Sie zu Ihrem Tisch bringen?"

Ein schon älterer Herr in einem dunkelgrauen, sehr eleganten Jackett brachte sie zu dem kleinen Tisch, der zwar etwas weiter hinten stand, aber dafür eine sehr schöne Aussicht auf den beleuchteten Park bot. Er übergab ganz galant die Karte und nahm die Bestellung eines Aperitifs gleich entgegen. Markus übernahm dann auf Susannes Bitten, die Auswahl des Weines und auch des Essens.

„Weißt du, Liebes, wie sehr ich mich auf diesen Abend gefreut habe", sagte Markus und streichelte dabei ihre Hände.

„Ich denke schon. Ich habe mich auch sehr auf diesen Abend

gefreut. Eigentlich schon damals, an diesem Freitag, als du mich nach deiner Tagung abholen wolltest. Dann aber habe ich ja statt deines Anrufes diese schlimme Nachricht von dem Unfall bekommen. Diesen Tag, glaube ich, werde ich nie mehr vergessen."

„Das kann ich mir gut vorstellen, was für ein Schock das gewesen sein muss. Aber es ist ja alles gut geworden."

„Gott sei Dank." Susanne streichelte ihm zärtlich über seine Wange.

„Weißt du, an was ich mich besonders gerne erinnere?", fragte Markus mit glänzenden Augen.

„Nein, sag's mir!"

„An unsere heiße Liebesnacht nach deiner Feier." Markus schmunzelte.

Susanne musste herzlich lachen, konterte dann aber sehr raffiniert. „Wünschst du eine Fortsetzung, eventuell gleich hier?"

Jetzt musste auch Markus herzlich lachen. „Ich glaube, ich werde noch einen Augenblick von meinen Fantasien zehren müssen, aber spätestens nach dem Hauptgang werde ich dich als Nachtisch vernaschen. Obwohl, so eine kleine Vorspeise ..." Markus ließ seine rechte Hand unter dem Tischtuch verschwinden und streichelte ganz zart über ihre Oberschenkel.

„Wirst du dich wohl benehmen", flüsterte Susanne und schaute herum, ob sie jemand beobachtete. Aber der Tisch lag so versteckt, dass niemand sie sehen konnte.

„Soll ich mich wirklich benehmen?", fragte Markus mit einem Zwinkern und ließ seine Hand langsam unter ihren Rock wandern.

„Du fühlst dich so angenehm warm an. Weißt du, wozu ich jetzt Lust hätte?"

Markus küsste sie ganz zärtlich auf den Mund und schob langsam seine Hand zwischen ihre Schenkel. Seine Finger wanderten ganz langsam die Schenkel entlang, immer weiter nach oben, Stück für Stück. Aber da wo normalerweise etwas Störendes kommt, kam nichts. Er spürte kein Höschen, keinen Slip. Susanne grinste als sie Markus überraschtes Gesicht sah, als er den fehlenden Slip bemerkte. Markus war wirklich sehr positiv überrascht, als er feststellte, dass Susanne unter ihrem Rock nichts, aber auch rein gar nichts darunter trug.

Markus näherte sich einer heißen, sehr feuchten Spalte und schob den Rock etwas höher. Susanne spreizte leicht ihre Schenkel. Markus Finger fingen an die kleine Lustperle zu massieren. Seine Streicheleinheiten wurden etwas schneller und auch fester. Doch plötzlich spürte Susanne etwas Eiskaltes an ihre Grotte. Sie hatte das Gefühl, als ob Markus gerade mit einem Eiswürfel über ihre heiße Lustspalte rieb. Sie zuckte etwas zusammen, wollte abwehren, wollte ihre Schenkel zusammendrücken. Aber dafür tat es wieder zu gut und sie spreizte ihre Schenkel so gar noch etwas weiter auseinander. Was war das, was ihre Muschi fast zum Überlaufen brachte?

„Psst, genieße es einfach!" hörte sie Markus sagen, der das Feuerwerk unter der Tischdecke erahnte.

„Was ist das?" flüsterte Susanne.

„Es ist die runde Schale vom Suppenlöffel."

Susanne stöhnte leicht auf. Das hatte sie noch nie erlebt. Markus massierte mit der Rundung des Löffels ihren Kitzler. Dann drehte er den Löffel um und strich mit dem Stiel ganz zart durch ihre Spalte. Nach oben und dann wieder nach unten. Ihr Atem ging immer schneller. Sie spürte wie ihre Pflaume tropfte.

„Wenn du jetzt nicht aufhörst, Markus, bekomme ich gleich hier einen lautstarken Höhepunkt, sodass wir dann sicher Hausverbot bekommen werden", hauchte Susanne ihm ins Ohr und war kurz davor selbst ihren Kitzler zu reiben um den Orgasmus endlich spüren zu können.

Markus lachte leise, brachte ganz anständig seine Hand wieder zum Vorschein und flüsterte ihr lächelnd zu: „Wenn du möchtest, werde ich dich in Zukunft jede Nacht ganz zärtlich verwöhnen. Aber erst muss ich mich hier stärken."

„Na, dann stärke dich mal nicht zu wenig", flüsterte Susanne immer noch erregt. Allein der Blick auf diesen Löffel, der vor ein paar Minuten noch für ein Feuerzauber an ihrer Lustgrotte sorgte, machte sie total durcheinander.

Markus nahm ihr Kinn zärtlich zwischen seinen Daumen und

Zeigefinger und schaute ihr tief in die Augen.

„Ich liebe dich, Susanne."

„Ich liebe dich auch, Markus. Sehr sogar."

„Darauf sollten wir anstoßen." Markus hob sein Glas. „Auf uns zwei und den kleinen Zwerg!"

„Nein", sagte Susanne lächelnd.

„Nein?" Markus schaute total irritiert.

„Auf uns zwei, und auf mein und auf dein Kind. Du bist der leibliche Vater, Markus. Der kleine Zwerg ist das Resultat unserer ersten Liebesnacht in der Hütte." Susanne musste lachen, als sie in das total verdutzte Gesicht von Markus sah.

„Das meinst du nicht im Ernst, oder?"

„Doch Schatz, das ist mein voller Ernst."

Markus stieß einen so lauten Jubelschrei aus, dass der Oberkellner gelaufen kam und fragte, ob alles in Ordnung sei.

„Ich werde Vater, ist das nicht toll?", rief Markus so laut, dass es eigentlich jeder im Restaurant hören musste.

Der Ober schaute etwas irritiert auf Susannes Bauch. „Herzlichen Glückwunsch, mein Herr, aber, na ja, eigentlich sieht man das doch schon seit Längerem, oder?"

Susanne und Markus schauten sich an und begannen laut und herzlich zu lachen. Dann erzählte ihm Susanne ganz ausführlich von dem Treffen mit Dr. Sander. Es wurde ein sehr schöner, lustiger Abend, bevor beide dann schließlich um Mitternacht den Heimweg antraten.

„Bleibst du heute Nacht bei mir?", fragte Susanne, als sie die Haustüre aufschloss.

„Das würde ich sehr gerne und das weißt du auch." Markus nahm sie in den Arm und küsste sie. „Aber ich treffe morgen sehr früh schon japanische Geschäftspartner, die bis Mitte nächster Woche bleiben werden, und ich muss hierfür noch ein paar Unterlagen vorbereiten."

Susanne war die Enttäuschung anzumerken.

„Bitte, Liebes, nicht enttäuscht sein. Dieser Besuch ist sehr wichtig für mich, aber dann habe ich viel Zeit für dich und unser Baby." Markus streichelte über ihre Wange, küsste sie nochmals zärtlich und ging zurück zum Auto.

Susanne schaute ihm noch nach, bis sein Auto um die Ecke bog. Ich hätte ihn gerne bei mir gehabt, heute Nacht, dachte sie bei sich, wischte sich eine kleine Träne aus dem Gesicht und ging ins Haus.

„Guten Morgen Susanne, ein schönes Wochenende gehabt?" Maria begrüßte Susanne, die schon in ihrem Büro saß und eine Akte durcharbeitete.

„Hallo, guten Morgen Maria. Danke der Nachfrage. Mein Wochenende war sehr ruhig. Ich habe gefaulenzt, mich um meine äußere und innere Schönheit gekümmert und etwas gelesen."

„Das hat Ihnen offenbar sehr gutgetan, Sie sehen nämlich hervorragend aus."

Susanne lachte, freute sich aber über das Kompliment.

„Wie geht es Herrn Lindner?"

„Gut, hoffe ich. Wir haben gestern einmal ganz kurz telefoniert. Er hat momentan ausländische Geschäftspartner da und somit leider wenig Zeit. Aber mal etwas anderes, Maria. Hat heute Ihre Schwester nicht Geburtstag?"

„Ja, wenn es möglich ist, würde ich deshalb gerne um 12.00 Uhr gehen und so einen halben Tag frei nehmen."

„Na klar, gehen Sie zu dem Geburtstag. Ich diktiere den Schriftsatz heute fertig, sodass Sie ihn dann morgen tippen können."

Maria hatte sich für heute die Ablage vorgenommen und Susanne war mit dem neuen Scheidungsfall sehr beschäftigt. So ging der Morgen auch sehr schnell um. Kurz vor 12.00 Uhr, Maria machte sich gerade zum Gehen fertig, betrat eine sehr elegant gekleidete Dame das Büro und wünschte Susanne zu sprechen.

„Gehen Sie ruhig, Maria, ich bringe die Dame nachher selbst hinaus." Susanne bat die Dame in ihr Büro und bot ihr an, sich doch zu setzen.

„Was kann ich für Sie tun, Frau ...?"

„Ich heiße Monika Lindner und bin die Ehefrau von Markus Lindner."

Susanne war froh, dass sie bereits saß. Die Ehefrau von Markus. Was wollte diese Frau von ihr? Warum kam sie hierher?

„Was kann ich für Sie tun?" Susanne versuchte, sich ihre Unsicherheit nicht anmerken zu lassen.

„Frau Jansen, ich möchte Sie bitten, meinen Mann in Ruhe zu lassen. Er liebt Sie nicht, er benutzt Sie nur. Mein Mann und ich werden wieder zusammenziehen."

Vor Susannes Augen begann sich alles zu drehen. Hörte sie jetzt richtig oder bildete sie sich das alles nur ein? Wie kam diese Frau dazu, solche Äußerungen zu machen? War das ein Spiel von ihr oder war es wirklich die Wahrheit? Was hatte das alles zu bedeuten? Sie musste jetzt vor allem eines: stark bleiben.

„Warum sollte ich Ihnen glauben?", fragte Susanne kühl.

„Diese Frage ist gerechtfertigt. Mein Mann hat Ihnen sicher erzählt, dass er am Wochenende Geschäftspartner zu Besuch hatte. Das stimmt nicht, er war das ganze Wochenende mit mir zusammen. Mit mir und unserer gemeinsamen Tochter. Wir wollten unsere Tochter aus dem Scheidungskampf rauslassen, deshalb wurde sie nirgendwo erwähnt."

Dabei zog sie ein Bild aus ihrer Tasche und legte es vor Susanne hin. Das Bild zeigte zweifellos Markus, seine Frau und ein junges Mädchen, vielleicht 10 oder 12 Jahre alt.

„Unsere Tochter ist sehr krank und würde eine Trennung ihrer Eltern nicht überstehen. Das sieht auch mein Mann so und deshalb wird es auch zu keiner Scheidung kommen, oder hat Markus Ihnen gegenüber schon jemals erwähnt, dass er Sie heiraten würde?"

Nein, das hatte er tatsächlich nicht. Er sprach zwar von Liebe, aber nie davon, dass er mit ihr zusammenleben wollte. Und warum hatte er nie von seiner Tochter gesprochen? Hatte er so wenig Vertrauen zu ihr?

„Frau Jansen, ich kann meinen Mann ja gut verstehen. Sie sind jung, sehr attraktiv und dass Sie ein Baby von Ihrem Exmann erwarten, dass störte ihn nicht, da er ja sowieso nicht mit Ihnen zusammenbleiben wollte. Selbst wenn Sie ihn jetzt zur Rede stellen oder anrufen würden, er würde alles abstreiten. Lügen ist eine seiner großen Stärken. Bitte, brechen Sie den Kontakt zu ihm ab und denken Sie an unsere Tochter. Möchten Sie das wirklich, einem schwerkranken Kind den Vater nehmen?" Monika Lindner erhob sich, sie hatte alles gesagt, was sie sagen wollte.

„Sie brauchen keine Angst mehr zu haben, Frau Lindner, ich werde Ihrer Tochter den Vater nicht nehmen. Aber jetzt bitte ich Sie zu gehen!"

Susanne kostete es große Kraft, diese Frau nach draußen zu begleiten. Als sie die Tür hinter sich geschlossen hatte, schlug sie die Hände vors Gesicht, sackte in die Knie und weinte ihre gesamte Enttäuschung heraus. Erst als sie ein leichtes Ziehen im Rücken verspürte, raffte sie sich auf und ging in ihr Büro zurück.

Sie setzte sich an ihren Schreibtisch und versuchte, etwas zu entspannen und ihre Gedanken zu sortieren, aber es gelang ihr nicht. Sie fühlte sich plötzlich so leer, so einsam und so maßlos verletzt. Sie erinnerte sich an das Mädchen auf dem Bild und an die Worte: „Möchten Sie das wirklich, einem schwerkranken Kind den Vater nehmen?" Nein, das wäre das Letzte, was sie machen würde. Susanne überlegte noch eine Weile. Plötzlich fällte sie einen Entschluss, ohne groß zu überlegen, was diese Entscheidung in ihrem Leben bewirken könnte.

Kapitel 12

„Meine sehr verehrten Damen und Herren. Wir werden in ca. 15 Minuten auf dem Flughafen Palma landen. Bitte legen Sie wieder Ihre Sitzgurte an und stellen Sie die Rückenlehne senkrecht. Kapitän Blum und seine Crew hoffen, Sie hatten einen angenehmen Flug und wir würden uns freuen, Sie bald wieder bei uns an Bord begrüßen zu dürfen."

Susanne nahm die Durchsage nur beiläufig wahr.

„Geht es bei Ihnen mit dem Anschnallen?", fragte eine sehr zuvorkommende Stewardess.

„Vielen Dank, es ist alles in Ordnung", antwortete Susanne mit einem Lächeln.

Alles in Ordnung? Nichts war in Ordnung! In ihrem Leben herrschte Chaos, wie es größer nicht sein konnte. Susanne schloss die Augen und dachte zurück an jenen Nachmittag. Sie hatte nach dem Besuch vom Markus seiner Frau in ihrem Büro gesessen und eigentlich all das Gehörte nicht wahrhaben wollen. Aber sie war viel zu gekränkt gewesen, um einen klaren Gedanken fassen zu können. Sie hätte Markus auch anrufen können, aber hätte er die Wahrheit gesagt oder hätte er gelogen? Hatte er sie die ganze Zeit nur angelogen oder hatte er immer die Wahrheit gesagt? Susanne hatte keine Lust mehr auf dieses Ratespiel. Sie hatte sich dann sehr schnell entschlossen, alldem zu entfliehen und zu ihren Eltern zu fliegen. Sie hatte noch einen

Platz in der 1. Klasse bekommen und gleich telefonisch für die 18–Uhr-Maschine nach Mallorca gebucht. Für Maria hatte sie noch einen Zettel mit einigen Anweisungen geschrieben, welche Akten sie an Mareike weitergeben sollte etc. Natürlich hatte sie Maria auch mitgeteilt, dass sie zu ihren Eltern flog. Sie hatte Maria aber auch darum gebeten, dass niemand erfahren sollte, wo sie war. Insbesondere nicht Markus Lindner. Sie hatte einfach nicht die Kraft, dieses Enttäuschungsspiel noch einmal durchzustehen. Sie würde ihr Baby auch ohne Mann aufziehen können.

Es dauerte einige Zeit, bis Susanne ihr Gepäck zusammen hatte und durch alle Kontrollen durch war. Sie bestieg ein Taxi und zeigte dem Taxifahrer die Adresse, wo sie hinwollte. Nach fast einer Stunde Fahrt sah sie dann in einiger Entfernung das kleine Fischerdörfchen. Es lag da wie in einem Märchen. Die Lichter brannten in den kleinen Häuschen und der Mond spiegelte sich in dem ruhigen Meer. Die letzten Fischer kamen gerade mit ihren Booten herein und andere waren schon dabei, ihre Netze für den nächsten Morgen vorzubereiten. Das Taxi fuhr langsam über die einzige vorhandene Hauptstraße. Die Menschen saßen vor ihren Häusern und genossen den Feierabend und ein paar ältere Männer spielten das traditionelle Boccia-Spiel. Sie kamen an der kleinen Bodega „Marios Bar" vorbei. Mario brachte gerade eine Karaffe Sangria an einen Tisch mit zwei Touristinnen. Als er sie im Taxi sah, winkte er ihr zu. Susanne war in ihrem letzten Urlaub sehr oft bei Mario gewesen. Er hatte sie mit seiner humorvollen Art die Enttäuschung über ihren damals Noch-Ehemann Bernd etwas vergessen lassen. Sie fuhren aus dem Örtchen heraus und dann den schmalen Weg hinauf. Rechts und links standen hohe Pinien, man hörte die Grillen zirpen und in der Luft lag ein leichter Duft von Oleander. Susanne liebte diesen Duft.

"Señora, estamos aquí. Son 20 Euros!"

Susanne konnte ein wenig Spanisch verstehen. Sie zahlte und stand nun vor dem kleinen Häuschen ihrer Eltern. Ihre Eltern ahnten nichts und nun kam sie sich mit ihrem Koffer hier vor wie eine zurückgekehrte Ausreißerin. Erst jetzt spürte sie, wie erschöpft und kraftlos sie war. Sie ging den kleinen Gartenweg hinauf und lächelte, als sie überall im Garten die kleinen Lämpchen sah. Der Garten war die Perle ihres Vaters. Der Rasen war in einem satten Grün und überall blühte der Oleander. Es war noch sehr warm für diese Uhrzeit und vor allem war es sehr schwül, was Susanne doch etwas zu schaffen machte. Susanne betrat die kleine Veranda, auf der zwei alte Schaukelstühle und ein kleiner Tisch standen. Sicher saßen ihre Eltern auf der großen Terrasse, die sich auf der Rückseite des Häuschens befand. Sie klingelte und es ertönte eine kleine Melodie.

„Un momento por favor, yo vengo", hörte sie ihre Mutter von innen rufen, und schon ging die Tür auf.

„Susanne! Ja Kind, wo kommst du denn her?"

„Ach Mama, woher wohl!"

„Komm, mein Schatz, lass dich erst mal drücken!"

Susanne ließ sich wie früher von ihrer Mutter in den Arm nehmen und dann brach alles aus ihr heraus, was sich in den letzten Stunden so aufgestaut hatte. Ihr Vater hatte gemerkt, dass Besuch kam, und staunte nicht schlecht, als er Susanne sah. Er fragte sie nichts, sondern nahm sie einfach nur in seinen Arm.

„Ich möchte gerne schlafen gehen, es war so ein anstrengender Tag für mich. Ich erzähle euch morgen alles."

Susanne ging nach oben in das kleine Gästezimmer, wo sie das letzte Mal schon geschlafen hatte. Sie duschte noch, legte sich ins Bett und fiel Minuten später in einen tiefen Schlaf.

Waren es die Sonnenstrahlen, welche durch das Fenster kamen, die Susanne weckten, oder war es der Duft des Kaffees? Susanne reckte sich und setzte sich gähnend auf die Bettkante. Sie konnte vom Fenster aus das Meer sehen. Es war ganz ruhig und die Sonne ließ kleine silberne Reflexe auftauchen. Man konnte die Fischer sehen, wie sie ihre Netze einzogen, und weiter draußen, fast schon am Horizont, fuhr ein großes, weißes Passagierschiff langsam vorbei. Susanne nahm eine Dusche, zog ein leichtes, buntes Sommerkleid über und ging hinunter.

„Das riecht ja köstlich", sagte sie und begrüßte ihre Eltern mit einem Küsschen.

„Hast du gut geschlafen, Kind?", fragte ihre Mutter wie immer besorgt.

„Ja, Mama, wir zwei haben sogar sehr gut geschlafen, nicht wahr Zwerg?" Susanne streichelte über ihren Bauch und lächelte.

Während des Frühstücks erzählte Susanne ihren Eltern sehr ausführlich, was sie so alles erlebt hatte in den letzten Wochen. Von ihrer Liebe zu Markus und natürlich auch von dem Überraschungsbesuch seiner Frau.

Ihr Vater sagte hierzu nicht viel, außer: „Ich glaube nicht, dass Markus gelogen hat. Wenn ja, dann hätte ich mich sehr in ihm getäuscht."

„Tja, getäuscht und enttäuscht zu werden gehört halt mit zum Leben."

„Liebst du ihn noch?"

„Ach Papa, was spielt das noch für eine Rolle, ob ich ihn liebe. Bitte entschuldigt mich." Susanne wollte nicht, dass ihre Eltern ihre Tränen sahen. Sie stand auf und schlenderte durch den Garten. Sie ging vorbei an den einzelnen Palmen, vorbei an den roten Oleandersträuchern und dann den etwas steinigen Weg entlang, der hinunter zur kleinen Sandbucht führte. Hierhin zog sie sich gerne zurück, sie liebte diesen wunderschönen Ort. Die kleine Bucht war durch die an beiden Seiten emporragenden Felswände vor Wind und starken Wellen geschützt. Nur wer den versteckten Weg dorthin kannte, konnte sich dorthin verirren. Touristen sah man somit hier überhaupt nicht. Susanne setzte sich in den warmen, weichen Sand und ließ diesen verträumt durch ihre Finger rieseln. Ihre Gedanken gingen zu Markus. Sollte sie ihn vielleicht doch anrufen? Sollte sie ihn nach seiner Tochter fragen? Nein! Sie zwang sich, an etwas anderes zu denken, als sie plötzlich einen Schatten vor sich sah. Sie hob ihren Kopf und sah den sehr gut gebauten, braungebrannten Körper eines jungen Mannes, der sie mit seinen strahlend weißen Zähnen anlächelte.

„Haben Sie sich verirrt?", fragte er und setzte sich neben sie.

„So ungefähr. Ich bin von unserer Luxusjacht gefallen und hier angespült worden."

„Oh, für dieses Abenteuer sehen Sie aber noch sehr gut aus", lachte der Fremde. „Darf ich mich vorstellen, ich heiße Pablo Miralles." Er reichte ihr die Hand.

„Ich heiße Susanne Jansen, hallo."

„Susanne? Sind Sie die Tochter von Klara und Willi Schüler?"

„Ja, woher wissen Sie?" Susanne schaute ihn fragend an.

„Ich bin der einzige Nachbar hier oben mit dem kleinen, damals noch verfallenen Häuschen, welches man durch die vielen Palmen von der Straße aus kaum sieht."

Susanne erinnerte sich an das Häuschen. Sie hatte es bei ihrem letzten Besuch hier entdeckt, als sie ein wenig spazieren gegangen war. Es war wirklich mehr eine Ruine als ein Häuschen und die Klappläden waren damals alle geschlossen gewesen. Sie wollte ihren Vater eigentlich nach den Nachbarn fragen, hatte es aber dann vergessen.

„Ich habe es letztes Jahr gekauft, im Januar anfangen lassen zu renovieren und im Februar bin ich dann eingezogen. Ihr Vater ist wie ich leidenschaftlicher Schachspieler und so sitzen wir öfter zu einer Partie zusammen. Dabei hat er Sie einmal erwähnt."

„Mir gegenüber hat er Sie nie erwähnt", stellte Susanne fest, schmunzelte aber dabei. „Den Schachpartien nach wohnen Sie wohl immer hier?"

„Ja, ich bin Maler und habe mir hier mein Atelier eingerichtet. Hier kann ich die Ruhe genießen und meiner Kreativität freien Lauf lassen. Interessiert Sie die Malerei?"

„Oh ja, ich male auch sehr gerne, bin nur in der letzten Zeit nicht mehr dazu gekommen. Darf ich Ihnen mal zuschauen beim Malen?"

Pablo lächelte sie an. „Selbstverständlich. Sie müssen nur rüberkommen."

„Ich nehme Ihr Angebot sehr gerne an. Wann passt es Ihnen und Ihrer Frau denn am besten?"

„Meiner Frau?" Pablo lachte. „Ich habe keine Frau. Im Moment bin ich solo. Erst vor einem halben Jahr haben mein Freund und ich uns getrennt und das habe ich bis heute noch nicht ganz verarbeitet."

Susanne schaute im ersten Augenblick irritiert, fing dann aber herzlich an zu lachen.

„Was gibt es denn da zu lachen?", fragte Pablo leicht grimmig.

„Entschuldigen Sie bitte, ich lache nicht über Sie. Aber meine Kollegin sagte mal: Fast alle gutaussehenden Männer sind schwul! Und ich stelle fest, sie hatte wieder mal recht."

„Haben Sie ein Problem mit Männern, die homosexuell veranlagt sind?", fragte Pablo.

„Nein!", antwortete Susanne. „Pablo, wollen wir das „Sie" nicht weglassen und zum „Du" wechseln?"

„Gerne. Was hältst du denn davon, unsere neue Bekanntschaft mit einem Orangensaft zu begießen?"

„Stimme dem Angebot zu!" Susanne lachte herzlich.

Sie schlenderten zurück über den steinigen Weg zu Pablos kleinem Häuschen. Von der Straße aus war es wirklich nicht zu sehen. Umso überraschter war Susanne, als sie die nun renovierte Finca vor sich sah. Das Häuschen hatte einen neuen, strahlend weißen Außenputz bekommen. Die alten Klappläden waren restauriert worden und hoben sich nun in einem wunderschönen Blau von der weißen Fassade ab. Der damals noch verwilderte Garten war nun in einem sehr gepflegten Zustand. Überall waren kleine Blumenbeete angelegt worden und mittendrin befand sich ein Teich mit plätscherndem Wasser.

Pablo führte sie in den Innenbereich. Das Häuschen hatte zwei Etagen und der gesamte Wohnbereich war in offener Bauweise gestaltet. Die Wände waren zum Teil mit Natursteinen versetzt. Die rustikale Küche war in das großzügige Wohn-Esszimmer integriert. Die Möbel waren in sehr hellem Eschenholz mit weißen

Stoffbezügen. Überall hingen oder standen kleinere Andenken, die den Räumen viel Persönlichkeit verliehen. Das Atelier war im oberen Bereich und von unten aus konnte man überall die farbenfrohen Bilder bewundern. Ein großer, in Natursteinen gesetzter offener Kamin gab allem noch das gewisse Etwas. Eine Wand war mit einer Schiebetür total verglast und so konnte man auch von innen den herrlichen Ausblick auf den wunderschönen Garten mit Pool genießen.

„Wow, das ist ja unglaublich, was man aus so einem Häuschen alles machen kann", sagte Susanne staunend, als sie sich umsah.

„Ja, da hast du recht. Dariusz, mein damaliger Freund, ist Architekt und er hatte die gesamte Umbauplanung übernommen und durchgeführt. Nachdem alles fertig war und der Umzug überstanden war, beendete er dann leider unsere Beziehung."

„Wie lange wart ihr denn zusammen?"

„Ganze 4 Jahre. Ein Bekannter hatte ihn zu meiner Party, meiner Geburtstagsfeier, mitgebracht. Da hat es zwischen uns gleich gefunkt und von da an waren wir ein Paar."

„Darf ich dich fragen, warum er sich getrennt hat?"

„Er hatte ein Problem damit, zu seinen Gefühlen, aber vor allem zu seiner Veranlagung zu stehen. Diesen gesellschaftlichen Druck hielt er nicht mehr aus."

Sie saßen zusammen auf der großen Terrasse und tranken

gekühlten Orangensaft. Die weiß geflochtenen Gartenmöbel gaben dem Ganzen einen luxuriösen Charme und Susanne fühlte sich hier sehr wohl.

„Weißt du, wir haben viel telefoniert in den letzten Wochen und er will nächste Woche mal kommen, einfach mal so zu Besuch. Ich freue mich wahnsinnig."

„Du liebst ihn noch immer, stimmt's?"

„Ja, sehr sogar", sagte Pablo leise.

„Ich wünsche euch sehr, dass ihr wieder zusammenkommt", sagte Susanne, „und ich meine das wirklich ehrlich."

„Das ist lieb von dir. Sag mal, wann ist es denn bei dir so weit mit dem kleinen Nachwuchs?"

„Ja, wenn alles richtig berechnet wurde, in vier Wochen."

„Das heißt, du bringst dein Kind hier zur Welt?"

„Ja, sehr wahrscheinlich."

„Sag mal, Susanne, du bist vor irgendwas weggelaufen, stimmt's?"

„Sieht man mir das an?" Susanne lächelte.

„Nein", sagte Pablo ebenfalls lächelnd, „aber vier Wochen vor einer Geburt besteigt man nicht einfach nur mal so ein Flugzeug. Da liegen tiefere Gründe vor. Wenn du mal reden möchtest, kannst du immer zu mir kommen."

„Danke, Pablo, das ist sehr nett. So, jetzt muss ich aber mal wieder rüber, meine Mutter wird sich schon Sorgen machen."

„Kannst jederzeit wiederkommen, Susanne."

„Das werde ich auch tun!" Susanne lachte und gab Pablo zum Abschied noch ein Küsschen auf die Wange.

„Ja Kind, wo bist du denn so lange gewesen?", fragte ihre Mutter besorgt.

Ihre Eltern saßen auf der Terrasse. Ihr Vater hatte sich gerade eine Pfeife angesteckt und ihre Mutter schälte Äpfel für einen Kuchen.

„Ich habe unseren Nachbarn kennengelernt und mit ihm einen Saft getrunken. Warum habt ihr mir nie von ihm erzählt?"

„Du meinst Pablo?", fragte ihr Vater, ohne seine Pfeife aus dem Mund zu nehmen. „Das war keine Absicht, aber ich fand es nicht sonderlich wichtig, dir von ihm zu erzählen. Findest du ihn nett?"

„Ja, er ist sehr nett, zuvorkommend, höflich, gutaussehend und – er mag leider nur Männer."

Susannes Vater lachte laut und herzlich. „Ihr habt ja schon sehr viele Informationen ausgetauscht. Aber es stimmt, er ist wirklich ein sehr sympathischer, junger Mann und er spielt hervorragend Schach. Zwar nicht so gut wie ich, aber er wird immer besser."

„Kennst du seinen Freund, ich meine den, der sich von ihm getrennt hat?"

„Ja. Sie haben sich beide nach dem Umzug bei uns vorgestellt und wir vier hatten damals einen wirklich lustigen Abend zusammen. Dariusz ist genauso nett und sympathisch wie Pablo und mir tat es sehr leid, als Pablo mir ein paar Wochen später von der Trennung erzählte."

„Na ja, Enttäuschungen sind wohl modern heute." Susanne schenkte sich ein Glas Wasser ein und trank es in einem Zug aus.

„Es geht mich zwar nichts an, Susanne, aber hast du mit Markus eigentlich mal über den Besuch seiner Ehefrau gesprochen?"

„Nein, warum auch? Warum sollte seine Frau lügen? Für mich steht fest, ich nehme keinem Kind den Vater weg."

„Er ist auch der Vater des Kindes, das du bald bekommen wirst. Du nimmst deinem eigenen Kind den Vater. Rufe ihn an und rede mit ihm. Man fällt keine Entscheidung, bevor man nicht die Wahrheit kennt!"

„Das sind mal wieder die weisen Worte eines Richters", antwortete Susanne kühl. Sie wusste, dass ihr Vater es nur gut meinte. Er war bis zu seinem Ruhestand Richter gewesen und die Wahrheit zu finden und dann gerechte Entscheidungen zu fällen gehörte nun mal zu seinem Tagesablauf.

„Entschuldigung Papa, ich weiß, du meinst es gut. Aber ..."

„Kein Aber, Susanne!", unterbrach er sie. „Rede mit ihm und quäle dich nicht unnötig. Meinst du, ich sehe das nicht, wie sehr du ihn liebst und wie sehr dir das alles weh tut?"

Ihr Herz krampfte sich zusammen. Ja, sie liebte ihn, sie liebte ihn sogar so sehr, wie sie noch nie einen Mann zuvor geliebt hatte. Aber sein krankes Kind ging vor. Das Schicksal wollte es nun einmal so.

Kapitel 13

Fast zwei Wochen war sie nun schon hier bei ihren Eltern. Täglich besuchte sie Pablo in seinem Atelier und er brachte ihr immer wieder neue Techniken der Malerei bei. Sie sprachen sehr viel zusammen, über die Vergangenheit, die Gegenwart, aber auch über die Zukunft, über ihre Wünsche, ihre Sehnsüchte und ihre Ziele. Bei ihm konnte Susanne sich gefühlsmäßig gehen lassen. Hier konnte sie lachen und albern sein, wenn ihr danach zumute war, hier konnte sie aber auch weinen, wenn sie das Bedürfnis danach hatte. Und genau das verstand Susanne auch unter einer richtigen Freundschaft. Gefühle leben lassen, ohne irgendwelche Rücksichten. Auch Pablo fühlte sich sehr wohl, wenn Susanne bei ihm war. Zwischen ihnen entstand innerhalb dieser beiden Wochen eine wunderschöne, vertrauliche Freundschaft. Es war eine Freundschaft, in der es zwar um Gefühle ging, aber nicht um Beziehungsgefühle zwischen den beiden.

„Du solltest den Pinsel etwas mehr aufdrücken, dann kommen die Strukturen besser heraus. Schau, ich zeig's dir."

Susanne stand vor der großen Leinwand, in der rechten Hand den Pinsel, in der linken die Farbpalette. Ihr übergroßer, weißer Kittel war überall mit Farbklecksen versehen, welche sich aber auch noch in ihrem hübschen, sonnengebräunten Gesicht wiederfanden.

„Eigentlich war die Farbe für das Bild gedacht und nicht zur

Verschönerung deiner Nase", sagte Pablo lachend, als sich Susanne zu ihm umdrehte. Pablo nahm ein Tuch und rieb vorsichtig die Farbe von ihrer Nasenspitze, als sie eine Stimme von unten hörten.

„Hallo, ist jemand da?"

Pablo schaute vom Atelier hinunter zum Eingangsbereich. „Nein, ich glaub es nicht!", rief Pablo und eilte die Treppe hinunter.

Susanne blieb indessen oben am Geländer stehen und schaute nach unten. Sie sah dort einen großgewachsenen, jungen Mann stehen, mit kurzen, dunkelblonden Haaren, verwaschenen Jeans und darüber ein lässiges, dunkelblaues T-Shirt. Sie sah, wie Pablo diesen Mann umarmte und ihn zur Begrüßung küsste. Das ist also Dariusz, dachte Susanne mit einem Lächeln, als Pablo ihr schon zurief, dass sie doch runterkommen möge.

„Schön, dass ich Sie nun auch mal persönlich kennenlerne, Pablo hat schon so viel von Ihnen erzählt." Susanne reichte ihm die Hand.

„Ich hoffe nur Gutes!", erwiderte der Besucher lachend. „Übrigens, ich heiße Dariusz, und Sie?"

„Ich heiße Susanne. Das „Sie" sollten wir weglassen, einverstanden?"

„Einverstanden!"

„So ihr beiden, jetzt werde ich euch wieder etwas alleine lassen. Meine Mum hat sicher das Mittagessen bald fertig."

Genau so war es auch, als Susanne ein paar Minuten später die Küche betrat und ihre Mutter in voller Kochaktion vorfand.

„Ach Schätzchen, du kommst gerade richtig, Essen ist in einer Viertelstunde fertig. Übrigens, Maria hat angerufen, du möchtest bitte zurückrufen."

„Na, dann werde ich das gleich mal tun. Darf ich euer Telefon benutzen, ich habe mein Handy in Deutschland vergessen."

„Na klar, geh ruhig rüber in Papas Büro."

Susanne betrat das kleine Räumchen, welches voll war mit Büchern. Ihr Vater konnte sich davon beim Umzug nicht trennen und so entstand die Idee dieser kleinen Bibliothek.

Susanne setzte sich in den bequemen Sessel und wählte die ihr bekannte Nummer.

„Hallo Maria, hier ist Susanne. Wie geht es Ihnen?"

„Danke, gut, Susanne. Ich hoffe Ihnen und dem Baby auch."

„Bei uns ist alles in Ordnung. Noch rührt sich nichts, aber wir haben ja auch noch zwei Wochen Zeit. Was gibt es Neues?"

Zuerst fragte Maria einige geschäftliche Dinge.

„Ist es in Ordnung, dass ich in Ihrer Abwesenheit für Ihre Kollegin Mareike einige Schriftsätze tippe? Die Sekretärin von ihr ist schwer erkrankt."

„Selbstverständlich ist das in Ordnung. Gibt es sonst noch was?"

„Na ja, Herr Lindner möchte Sie natürlich unbedingt sprechen.

Ich kann schon nicht mehr zählen, wie oft er mich schon gebeten hat, ihm Ihre Nummer zu geben. Wollen Sie nicht mal mit ihm reden, Susanne?"

„Es hätte keinen Sinn, Maria."

„Susanne, hatte Ihre überstürzte Abreise mit dem Besuch dieser elegant gekleideten Dame zu tun?"

„Ja, Maria. Die Dame war Monika Lindner und ist die Frau von Markus, seine Ehefrau. Ich habe Dinge erfahren, die es nicht möglich machen, die Beziehung fortzuführen. So, und nun muss ich Schluss machen. Bis bald."

Susanne legte den Hörer auf und streichelte über ihren Bauch. Jetzt nur nicht sentimental werden, dachte sie, die Zeit lässt alles vergessen. Sie ging hinaus auf die Terrasse und setzte sich zu ihrem Vater an den Tisch. Seit diesem letzten Gespräch hatten sie über Markus kein Wort mehr gesprochen. Seitdem herrschte eine gewisse Spannung zwischen ihr und ihrem Vater.

„Darf ich heute Mittag mal deinen Wagen nehmen, Pa? Ich würde gerne mal nach San José fahren. Dort soll ein Flohmarkt sein, den würde ich mir gerne mal anschauen. Vielleicht finde ich ja noch etwas für meine Wohnung."

„Ich habe nichts dagegen, aber die Straßen dahin sind nicht sehr gut ausgebaut."

„Sind ja nur einige Kilometer bis dort und ich fahre schon vorsichtig."

„Na ja, meinetwegen."

Nach dem Essen machte sich Susanne auf den Weg. Sie freute sich auf den Flohmarkt, denn sie liebte es, in alten Sachen zu wühlen, und oft genug hatte sie bei solchen Märkten schon ein Schnäppchen gemacht. Vater hatte recht, dachte sie, die Straße war wirklich schlecht ausgebaut und Susanne musste sich in der Berglandschaft sehr konzentrieren. Ca. 1 km vor San José bemerkte Susanne die rot umrandeten Schilder mit einer spanischen Aufschrift, welche sie aber nicht verstand. Werden wohl Hinweise auf die schlecht ausgebauten Straßen sein, dachte sie. Nach einer Stunde stand sie mitten auf dem Markt und war total begeistert von den vielen Ständen. Sie fand eine kleine Schmuckdose, die beim Öffnen eine Melodie spielte, und ein wunderschönes Bild mit einem Schutzengel, der gerade aus den Wolken herausschaute.

„Es un bueno cuadro", sagte die ältere Dame hinter dem Tisch und strich über das Bild.

Ja, es ist wirklich ein sehr schönes Bild, dachte Susanne und lächelte.

„Es dir und Baby immer beschutzen, du immer werden Glück haben! Trotzdem etwas vorsichtig sein", sprach nun die Dame in gebrochenem Deutsch und streichelte Susannes Hände.

Susanne fuhr es kalt den Rücken hinunter. Die ältere Dame hatte so etwas Geheimnisvolles in den Augen, das Susanne nun doch ein bisschen Angst machte. Nachdem sie alle Stände gesehen hatte, trank sie noch einen typisch spanischen Horchata (ein Erfrischungsgetränk aus Erdmandelmilch) und begab sich dann wieder auf den Heimweg. Sie musste sich beeilen, da sie ihren Eltern versprochen hatte, pünktlich um 18.00 Uhr wieder da zu sein. Vater hatte Gäste zum Essen eingeladen und sie vermutete, dass es Pablo und Dariusz sein würden. Es hatte leicht geregnet, die Straßen waren schmierig, was bedeutete, dass sie sich noch mehr als vorhin konzentrieren musste. Susanne hatte den kleinen Ort in den Bergen bereits verlassen und fuhr nun ganz langsam die kurvige Straße entlang. Plötzlich hörte sie einen lauten Knall. Sie hatte das Gefühl, als habe sie direkt daneben gestanden, so laut war er.

„Hörte sich gerade an wie eine Explosion!", sagte sie zu sich selbst.

In ängstlichen Situationen sprach sie immer laut zu sich selbst, das beruhigte sie irgendwie.

„Menschenskind, die Schilder. Das waren Warnungen, die sprengen die Felsen hier!"

Susanne erkannte sehr schnell, in welcher Gefahr sie war. Sie stoppte das Auto und drückte voller Kraft auf die Hupe. Doch schon hörte sie die nächste Explosion und sah vor sich die ersten Felsbrocken herunterkommen.

„Oh lieber Gott, bitte nicht!" Susanne schloss ihre Augen und umklammerte das Lenkrad.

Kapitel 14

„Darling, es hat geklingelt. Öffnest du die Tür, bitte!", rief Susannes Mutter ihrem Mann laut zu.

„Bin schon unterwegs."

Willi Schüler legte seine Pfeife in den Aschenbecher und schritt zur Eingangstür.

„Einen schönen guten Abend, Herr Schüler, ich bin so schnell gekommen wie möglich."

„Guten Abend Markus, kommen Sie herein. Susanne ist allerdings noch nicht da, sie wird aber sicher jeden Moment kommen."

„Hallo Markus, das ist aber schön, dass Sie schon da sind", begrüßte ihn auch Klara Schüler. „Oh, mein Braten, ich muss in die Küche!" Schon war sie wieder in ihrem Lieblingsraum verschwunden.

Willi Schüler setzte sich mit Markus hinaus auf die Terrasse und kam auch gleich zum Thema.

„Normalerweise mische ich mich nicht in Privatangelegenheiten von anderen Leuten ein", Willi Schüler schaute sehr ernst, „aber ich kann Susanne nicht mehr leiden sehen. Ich weiß nicht, warum sie sich einem Gespräch dauernd entzieht, aber bitte, Markus, klären Sie, was zu klären ist!"

„Ich bin dankbar, dass Sie mich angerufen haben. Ich hätte sonst keine Möglichkeit gehabt, mir ihr zu reden. Aber es gibt normalerweise nichts zu klären. Ich liebe Ihre Tochter, ohne Einschränkungen."

„Ich weiß, dass Sie Susanne lieben. Das hab ich bei der Feier schon gemerkt." Susannes Vater schmunzelte nun ein wenig. „Dennoch ist da der Besuch Ihrer Noch-Ehefrau und diesen Gesprächsinhalt müssen Sie richtigstellen."

„Ja, das werde ich. Ich hatte Ihnen ja bereits am Telefon schon alles erklärt und Susanne werde ich es natürlich auch erklären."

Susannes Mutter kam mit einem Tablett in der Hand auf die Terrasse und deckte den Tisch ein.

„Sag mal Darling, wollte Susanne nicht um 6 Uhr da sein? Es ist schon kurz nach 7."

„Ich verstehe das auch nicht", sagte Willi Schüler stirnrunzelnd. „Das passt nicht zu ihr. Sie hätte längst schon angerufen und gesagt, wenn es später werden würde. Wir warten mal noch eine halbe Stunde."

Nach 20 Minuten hielt es Susannes Vater nicht mehr auf der Terrasse. Er ging in sein Büro, um mit der Polizei zu telefonieren. Markus spürte seine Unruhe und folgte ihm. Willi Schüler stellte den Apparat auf Mithören, sodass Markus auch gleich informiert war.

„Ola Manolo, ich bin's, Willi. Eine Frage, hast du eine

Unfallmeldung erhalten in den letzten 4 Stunden?"

„Nein, wir hatten keinen Unfall hier. Warum, was ist passiert?",
fragte Manolo in perfektem Deutsch.

Manolo war der Polizeichef des kleinen Örtchens und seit dem
Umzug von Willi und Klara mit beiden sehr gut befreundet.

„Meine Tochter Susanne ist heute Mittag zum Markt nach San
José gefahren. Sie wollte bis 18.00 Uhr zurück sein, ist aber bis
jetzt weder hier angekommen noch hat sie sich gemeldet."

„Sagtest du eben San José?"

„Ja, warum, was ist dort?"

„Hm, so weit ich weiß, waren für heute Mittag auf dieser
Zufahrtstraße Felssprengungen angesagt."

Willi Schüler wurde kreidebleich. Er wusste, was dies zu
bedeuten hatte.

„Um Gottes willen. Manolo, wir müssen diese Strecke abfahren,
ich komme gleich runter zu dir!" Willi Schüler legte den Hörer
auf und atmete einmal tief ein und aus.

„Markus, komm, Susanne befindet sich eventuell in großer
Gefahr."

Willi Schüler schilderte seiner Frau kurz das Telefonat und ging
dann mit Markus hinaus.

„Oh Mist, jetzt haben wir ja gar kein Auto." Er überlegte kurz.
„Pablo! Pablo muss uns mal sein Auto leihen."

Pablo und Dariusz waren von der geschilderten Situation sichtlich geschockt. Es war gar keine Frage, dass sie ihr Auto sofort zur Verfügung stellten.

„Pablo, sei so lieb, kümmere dich ein wenig um meine Frau, ja?" Willi klopfte Pablo kurz auf die Schulter, stieg dann ein und fuhr mit Markus zusammen in den Ort hinunter.

Vor dem kleinen Polizeirevier standen neben Manolo auch schon Dr. Sanchez und ein paar weitere Helfer, die auf die beiden warteten. Wenn es ums Helfen ging, war hier sofort jedermann zur Stelle. Das hatte Willi schon einige Male erlebt. Manolo und Willi sprachen noch kurz über die Fahrtstrecke und schon setzte sich der kleine Konvoi in Bewegung. Die Dunkelheit setzte bereits ein. Markus kam die Fahrt vor wie eine Ewigkeit. Er hatte auf einmal so große Angst, dass der Frau, die er so liebte, etwas passiert sein könnte. Ihm gingen wieder die Bilder der letzten Wochen durch den Kopf und er wusste, dass er diese Frau niemals mehr alleine lassen würde.

Susanne wusste, dass sie aus ihrem Auto rausmusste. Es wäre viel zu gefährlich, wenn sie hier im Auto sitzen bliebe. Sie wartete noch einen Augenblick, bis sie das Gefühl hatte, dass die Sprengung einen Moment Pause hätte. Sie öffnete die Tür und eilte zu dem kleinen Felsvorsprung, den sie vom Auto aus schon gesehen hatte. Hinter diesem Felsvorsprung bot eine kleine Höhle ihr Schutz. Susanne verzog sich bis in die letzte Ecke und saß da, zitternd und frierend. Susanne fing an, sich selbst Vorwürfe zu machen. Warum musste ich auch hier hoch in die Berge fahren und das noch alleine? Warum habe ich mich nicht einfach auf den Liegestuhl gelegt und die Sonne genossen? Und dann fielen ihr die Worte von dieser alten Frau wieder ein. Was meinte sie damit, ich solle vorsichtig sein? Eigentlich glaubte Susanne nicht an Hellseherei oder Wahrsagerei, aber in solch einer Gefahrensituation, in der sie sich gerade befand, glaubte man vieles. Als ob es Gedankenübertragung gewesen wäre, hörte Susanne plötzlich eine Stimme.

„Hallo, wo sind Sie denn?"

Erst als sie die Frage zum zweiten Mal hörte, erkannte sie die Stimme der alten Frau. War das schon wieder ein Zufall? Aber im Moment war ihr das ziemlich egal, sie wollte nur raus hier, raus aus der Gefahr.

„Hier bin ich!", rief Susanne so laut sie nur konnte und hörte im gleichen Augenblick den nächsten Felsen herunterkrachen.

„Kommen mit Mädchen, wir mussen hier raus, das zu gefährlich sein!" Die alte Frau aus dem Dorf nahm Susanne an der Hand und führte sie aus der Höhle. Sie war zu Fuß in die Berge hinaufgekommen. Hatte sie eine Vorahnung von dem gehabt, was sich hier abspielte? Es wurde ein langer Fußmarsch. Susanne hielt zwar tapfer durch, aber sie merkte, dass diese Strapazen nicht gerade förderlich für ihren Zustand waren.

„Schau, da mein Haus ist", sagte die alte Frau, nachdem sie fast eine Stunde gelaufen waren.

Es war ein kleines Häuschen mit einer Küche, einer Toilette, einem kleinen Bad und einem Schlafzimmer. Alles war sehr spärlich eingerichtet, aber Susanne war froh, nun endlich in Sicherheit zu sein. Die alte Frau kochte einen Tee, brachte eine Decke und kümmerte sich um Susanne, als ob sie ihre eigene Tochter wäre. Susanne fragte sich, ob es so eine Hilfsbereitschaft auch in Deutschland gäbe. Ohne Fragen, ohne Ermahnungen, einfach nur so. Sie überlegte hin und her, fand aber nicht die richtige Antwort auf ihre Fragen.

Gerade als sie den ersten Schluck aus ihrer Tasse nahm, durchzuckte sie ein stechender Schmerz im Unterleib. Sie schrie auf und hielt sich krampfhaft ihren Bauch.

„Wann soweit sein mit dem Baby?", fragte die alte Frau besorgt, aber dennoch sehr ruhig.

„Ich glaube, es geht los", erwiderte Susanne und hatte nun die ersten Tränen in den Augen. So hatte sie sich die Geburt nicht vorgestellt. Aber was in ihrem Leben lief schon normal?

„Komm, das wir schaffen! Ich schon fünf Kinder auf Welt gebringt." Die alte Frau streichelte Susanne über den Kopf und nickte ihr aufmunternd zu.

Da fiel Susanne auf, dass die alte Frau noch nicht einmal gefragt hatte, wie sie hieß.

„Ich heiße übrigens Susanne."

Die alte Frau lächelte ihr nur zu und ging zum Herd, um Wasser zu kochen.

Susanne überlegte, wer sie wohl war. Ihre Gedanken konnte Susanne allerdings nicht weiter verfolgen, denn die Schmerzen wurden nun unerträglich.

„Wie heißt du eigentlich?", fragte Susanne zwischen zwei Wehen.

„Elvira", hörte sie die kurze Antwort.

Nun war die Zeit für Smalltalk vorbei. Die Wehen kamen bereits jede Minute und Susanne hatte genügend damit zu tun, ihre Atmung zu kontrollieren. Gott sei Dank habe ich noch den Geburtsvorbereitungskurs besucht, dachte sie bei sich, während sie tief ein- und ausatmete. Elvira hatte das große Bett mit Tüchern abgedeckt und schob ihr nun ein Kissen unter den Rücken.

„Das dir wird guttun, deine Becken wird durch Kissen entlastet etwas." Elvira tupfte mit einem Tuch die Schweißperlen von ihrer Stirn. „Jetzt nicht mehr lange dauern kann, denn der Muttermund ist schon zicmlich geöffnet weit."

Susanne kam die ganze Prozedur vor wie eine Ewigkeit. Wie gerne hätte sie Markus bei der Geburt seines Kindes dabei gehabt. Aber es sollte nicht sein, das Schicksal wollte es wohl anders. Aber ich werde es auch alleine schaffen, so wie ich schon vieles alleine geschafft habe, dachte sie bei sich.

„Ja, Susanne, komm, noch einmal. Noch pressen einmal, ja, ich schon sehen Köpfchen."

Ein langer Schrei begleitete das Herauskommen des Neugeborenen.

Nun ging alles sehr schnell. Elvira trennte die Nabelschnur durch, säuberte den kleinen Winzling und wickelte ihn in eine warme Decke ein. Dann legte sie das Bündel in Susannes Arme.

„Herzlichen Glückwunsch zu der Senorita kleinen", sagte Elvira und ihr lief eine kleine Träne die Wange hinunter.

„Herzlich willkommen auf dieser Welt, meine kleine Cariña." Susanne konnte nun ihre Tränen nicht mehr zurückhalten. Es brach alles aus ihr heraus, was sich in den letzten Wochen angestaut hatte.

Elvira nahm sie tröstend in den Arm. „Es alles gut werden, du werden schon sehen."

Kapitel 15

Der Konvoi fuhr langsam die schmale Straße hinauf. Plötzlich stoppte das erste Auto, in dem Manolo und Dr. Sanchez saßen.

„Schau, da, die ersten Warnschilder der Sprengung", hörte er Willi sagen, der damit nun die Ruhe unterbrach.

Die Straße war durch herumliegende Felsbrocken blockiert und die Autos kamen so nicht hindurch. Schnell und gekonnt räumten die mitfahrenden Männer die Felsbrocken zur Seite, sodass sie weiterfahren konnten. Es dauerte noch eine ganze Weile, bis Markus auf einmal die Hupe von Manolos Auto hörte.

„Da vorne steht dein Jeep, Willi!", rief Manolo ihnen zu.

Die Männer rannten, so schnell es ihnen möglich war. Die herumliegenden Felsen allerdings erschwerten ihnen sehr den Weg dorthin.

„Vorsicht, Männer, da lösen sich noch immer Felsbrocken!" Manolo schrie die Warnung, so laut er konnte.

„Au, Scheiße!" Markus rutschte beim Ausweichen auf dem schmierigen Boden aus. Sein Fuß schmerzte. Mit letzter Kraft zog er sich ein paar Meter nach hinten unter den kleinen schützenden Felsvorsprung. Na, das fehlt mir jetzt gerade noch, ein verknackster Haxen. Manolo war als Erster bei dem Jeep.

„Das Auto hat einiges abbekommen, die Motorhaube ist total kaputt."

Er öffnete die Fahrertür. „Es ist niemand im Auto. Aber hier ist eine Nachricht. Sie ist bei Elvira, oben in San Rafael."

Es dauerte keine halbe Stunde, bis sie in dem kleinen Örtchen angekommen waren. Elvira war Dr. Sanchez bekannt und so wusste er sofort, wo sie hinmussten. Elvira begrüßte ihn, wie man einen alten Freund begrüßt, und führte ihn sofort zu Susanne. Markus lief in der kleinen Küche auf und ab. Dr. Sanchez hatte ihn gebeten, draußen zu warten, bis er alle Untersuchungen abgeschlossen hatte.

„Markus, Sie können jetzt kurz reinkommen! Aber bitte nicht so lange und keine Aufregung." Dr. Sanchez schaute sehr ernst, was Markus etwas erschaudern ließ.

„Was ist mit ihr, Dr. Sanchez?"

„Sie hat eine leichte Platzwunde am Kopf, wahrscheinlich wurde sie von einem Stein getroffen. Ansonsten sind aber beide, also Mutter und Kind, in Ordnung. Sie ist noch sehr mitgenommen, deshalb werde ich sie heute Nacht zur Beobachtung in meiner Praxis behalten. Aber morgen kann sie wieder nach Hause."

Markus betrat das kleine Zimmer. Es brannte nur die Nachttischlampe. Susanne lag auf dem Sofa, ihre Bräune kehrte so allmählich wieder zurück.

„Markus, du hier?" Susanne sprach sehr leise.

„Ja, mein Schatz, ich bin hier. Du hast mir einen ganz schönen Schrecken eingejagt."

Susanne lächelte erschöpft.

„Wie geht es dir und der kleinen Senorita?"

„Danke, sehr gut, es ist alles in Ordnung."

Markus bekam feuchte Augen, als er seine kleine Tochter auf den Arm nahm.

„Susanne, wir müssen miteinander reden. Bitte hör mir zu."

„Markus, da gibt es nichts mehr zu reden." Ihre Stimme wurde ganz leise. „Du hast ein Kind, das sehr krank ist und dich braucht, und ich nehme der Kleinen nicht den Vater. Ich finde es nur so schade, dass du mir nie von deinem Kind erzählt hast."

„Bist du jetzt fertig? Darf ich auch mal etwas sagen?" Markus schaute sie sehr ernst an.

„Ich habe dir nie von einem Kind erzählt, weil ich kein Kind habe."

„Aber das Bild ...!" ihr Blick war fragend.

„Meine Frau hat dir damals ein Bild gezeigt, auf dem mein Patenkind mit drauf war. Es ist die kleine Tochter von meinem besten Freund und die Kleine ist kerngesund. Und mein Schatz, dass ich das ganze Wochenende bei meiner Frau gewesen sein soll, stimmt nur bedingt. Meine Frau war bei einem der Treffen mit den japanischen Geschäftsfreunden dabei, weil sie ihre Geschäftsanteile an diese verkauft hatte. Sie wollte an diesem Tag, dass ich zu ihr zurückkomme. Aber ich sagte ihr, dass es keine Zukunft mehr gebe zwischen ihr und mir, weil ich eine andere Frau liebe. Das hat sie mir wohl sehr übel genommen und dir dann diese Geschichte vorgespielt. Ich liebe dich, Susanne, und das wird sich auch nicht ändern."

Susanne liefen die Tränen übers Gesicht.

„Ich Idiot! Ich habe deiner Frau geglaubt. Vor allem die Sache mit dem Kind und das tat so weh."

Markus nahm sie zärtlich in den Arm. Er trocknete mit einem Taschentuch ihre Tränen, drehte ihr Gesicht langsam zu sich und küsste sie.

„Versprich mir bitte eines", bat Markus. „Egal was in Zukunft ist, sprich mit mir darüber und zwar gleich."

Susanne nickte nur und setzte dann den angefangenen, zärtlichen Kuss leidenschaftlich fort.

* * *

Ein Jahr war mittlerweile seit den turbulenten Ereignissen vergangen. Susanne und Markus hatten diese Zeit für intensive, ausführliche Gespräche und zärtliches Beisammensein genutzt. Ihre Beziehung wurde immer enger und intimer, nur zusammengezogen sind sie noch nicht.

Nun verbrachten sie, mit dem kleinen Nachwuchs, einen Kurzurlaub bei Susannes Eltern. Willi und Klara Schüler liebten ihre Rolle als Großeltern und waren mit ihrer Enkelin oft unterwegs. Egal was sie auch machten, ob beim Einkaufen, bei einen Strandspaziergang oder bei Besuch von Freunden, ihre Enkelin nahmen sie immer mit. So hatten Markus und Susanne auch genügend Zeit für sich. Nach dem Frühstück machten sich die Großeltern Schüler mit ihrer Enkelin auf zum Markt. Sie wollten am Abend alle grillen, Dariusz und Paplo kamen auch und dafür musste noch so einiges eingekauft werden. Markus und Susanne entschieden sich für ein Sonnenbad.

Die Zeit bei Susannes Eltern empfanden die beiden wie ein Traum, wie ein Traum im Paradies. Über den mit einem gepflegten Rasen ausgestatteten Garten, konnte man die Böschung hinunter gehen und war direkt in diesem Paradies mit einem wunderschönen Sandstrand. Und was für ein Strand! Etwas zurückgelegen in einer kleinen Bucht, war er von einigen Klippen begrenzt. Auch hier standen, wie im Garten von Willi Schüler, eine Reihe von Palmen, die kühlenden Schatten spendeten. An der Seite war ein kleiner Platz, der so kaum wahrnehmbar und nur Eingeweihten zugänglich war. Das Wasser war, wie überall auf der Insel, hellblau, teilweise sogar türkis und unglaublich klar.

Markus und Susanne tobten ausgelassen im ruhigen Meer. Sie genossen das unbekümmerte Leben bei ihren Eltern. Sie jauchzten, schrien und spritzen sich gegenseitig nass, und als Außenstehender hätte man meinen können, dass sich hier große Kinder im Wasser vergnügten.

„Ich kann nicht mehr", rief Susanne und rannte aus dem Wasser.

„Fang mich, wenn du kannst!" rief sie, während sie zu ihrem geschützten Plätzchen rannte, wo bereits ein große Decke ausgebreitet war.

„Na warte, dich kriege ich", hörte sie Markus rufen. Aber so schnell war Markus nun auch nicht und ließ sich, wenig später, atemlos neben Susanne auf die Decke fallen.

Markus legte sich auf die Seite, stützte seinen Kopf auf seiner Hand ab und betrachtete seine große Liebe. Susanne spürte seine Blicke und sie genoss es, wenn Markus sie mit seinen Augen auszog. Allerdings gab es nicht viel auszuziehen, sie hatte ja nur noch einen Bikini an.

Markus beugte sich herab und knabberte mal ganz zart an ihren Ohrläppchen. Susanne schloss lächelnd ihre Augen, legte sich auf den Rücken und streckte sich, als ob sie sich einen Meter länger machen wollte. Ihr Körper bekam so eine gewisse Spannung und sie wusste, dass sie damit seine Fantasien auf Hochtouren brachte. Und genau darauf hatte sie jetzt große Lust. Sie hatte Lust auf Zärtlichkeit, Begierde und Sex, und genau das wiederrum spürte Markus, als er Susanne so von oben bis unten anschaute. Mein Gott, dachte er sich, wie wunderschön sie doch ist. Ihr knackiger Körper, ihre festen Brüste, ihr süßer Po.

Susanne begann nun mit ihrem Spiel. Sie liebte es Markus so zu verführen. Sie nahm ihre eigenen Brüste in die Hand, stöhnte leise und knetete sie genüsslich, bis sie ihre Brustwarzen durch den dünnen Bikinistoff spüren konnte. Sein Atem wurde schneller. Er fand es sehr erregend zuzusehen, wie Susanne sich selbst verwöhnte. Er erinnerte sich noch zu gerne an die heiße Nacht, die Nacht nach der Einweihungsfeier.

Mit der einen Hand löste Susanne nun ihr Oberteil, knetete weiter ihre Brüste und mit der anderen streichelte sie sich von außen über den Stoff ihres Bikinihöschens. Schon bei dieser leichten Berührung fühlte Susanne, wie ihre Schamlippen feucht wurden. Die Feuchtigkeit konnte man auf dem Höschen bereits erkennen. Sie hatte ihre Augen noch immer geschlossen und drückte mit ihrem Mittelfinger durch den Stoff ihres Höschens leicht auf ihren Venushügel. Susanne stöhnte leise auf. Sie schob ihr Bikinihöschen ein wenig zur Seite, so dass die glitzernden Schamlippen herausschauten. Sie spreizte ihre Beine und drückte mit ihren Fingern ihre Schamlippen etwas auseinander.

Ihre feucht glänzende Muschi lachte Markus an und so konnte er sich nicht mehr zurückhalten.

Er zog ihr das Bikinihöschen aus. Dieser Anblick, der in der Sonne glänzenden Schamlippen wollte er jetzt nicht mehr nur noch mit den Augen genießen. Markus hielt es nicht mehr aus. Er hatte ihren Körper schon viel zu lange vernachlässigt, nun wollte er sie verwöhnen, überall, alle ihre erogenen Stellen stimulieren, an allen Stellen, ihre Haut, ihre Brüste, ihre Grotte, ihren Po ...

Ganz langsam ließ er seine Hand vom Knie aus zwischen ihren Schenkeln nach oben gleiten. Er strich mit den Fingern zart über ihre glatt rasierte Scham, bis er die Öffnung ihrer Schamlippen ertastete. Vorsichtig schob er einen Finger zwischen ihre feuchten Lippen hindurch, bis er ihren nassen und schon etwas geschwollenen Kitzler ertastete. Er berührte ihn ganz zart und sie stöhnte bei der Berührung ihres Lustzentrums leise auf. Er ließ auch noch einen zweiten Finger ganz langsam in ihrer Grotte kreisen, verwöhnte mit seiner Zunge ihre Brüste und stöhnte vor Verlangen nach ihr auf.

Langsam, fast in Zeitlupe bewegte er seinen Zunge an ihrem Körper entlang nach unten. Er stülpte seinen Mund über ihre Spalte und begann mit einem wilden Zungenspiel diese kleine tropfende Lustgrotte mit voller Leidenschaft zu lecken. Susanne stöhnte laut, legte ihre beiden Hände auf Markus Hinterkopf und drückte sein Gesicht in ihre erregte Muschi. Genüsslich schmatzte er an der feuchten Grotte und saugte zwischendurch immer wieder an ihrer kleinen Lustperle, die bereits weit aus ihrem Versteck hervor ragte. Susannes Atem ging nur noch stoßweise und Markus spürte, dass sie kurz vorm Orgasmus stand. Er wollte das Gefühl aber etwas ausdehnen, er wollte ihre und seine Lust noch weiter steigern und deshalb unterbrach er sein Zungenspiel.

„Ohhh bitte nicht aufhören meine Muschi zu verwöhnen", kam es fast bettelnd von Susanne.

„Deine Lustgrotte möchte also weiter verwöhnt werden", kam es in einem gespielt ernsten Ton.

Susanne nickte nur und konnte es kaum noch aushalten.

„Ich glaube, ich weiß auch schon, was dir noch sehr gut tun wird", grinste Markus.

Susanne lächelte und rekelte sich aufreizend während sie ihre Brüste streichelte. Währenddessen holte Markus aus der Badetasche ein kleine Flasche mit Massageöl.

„Kleine Massage gefällig?" säuselte Markus, „dann bitte auf den Bauch legen!"

Das ließ sich Susanne nicht zweimal sagen und legte sich mit leicht gespreizten Beinen ganz entspannt auf den Bauch. Markus kniete über ihren Oberschenkel und träufelte etwas Öl in seine Hand. Er begann das Öl zunächst auf Susannes Schultern und Rücken einzumassieren. Dann verteilte er noch einmal etwas Öl auf seiner Hand und verrieb es schließlich auch über Susannes wunderschönen, strammen Po. Markus rutschte etwas nach unten, spreizte Susannes Beine und kniete sich dazwischen. Susannes glatt rasierte Muschi lag nun direkt vor ihm. Er ließ etwas Öl direkt aus der Flasche durch Susannes Pospalte laufen, was sie total erregte. Susanne wollte viel mehr davon spüren und spreizte deshalb ihre Beine noch weiter, sodass das Öl nun ganz langsam in ihre rosarote Spalte hineinlaufen konnte. Susanne hob ihr Becken weiter an, sie kniete fast und streckte Markus so ihren knackigen Po entgegen. Markus wusste genau, was Susanne jetzt wollte, was sie jetzt erwartete. Susanne sehnte sich danach jetzt Markus Zunge zu spüren, zuerst zwischen ihren Pobacken, bis hinab zu ihren mittlerweile dunkel-roten Schamlippen. Susanne lechzte danach, dass Markus jetzt ihren Kitzler massierte, ihn zart mit ihren Fingern zwirbelte und an ihren Schamlippen saugte.

Aber genau das machte er jetzt nicht. Markus griff noch mal in die Badetasche und holte einen kleinen, weißen Dildo heraus, während sich Susanne auf den Rücken drehte und mit gespreizten Beinen vor ihm lag. Er stellte den kleinen Dildo auf die höchste Vibrationsstufe und ließ ihn ganz langsam zwischen Susannes Schamlippen entlang gleiten, immer wieder von oben nach unten und berührte dabei wie zufällig ihren mittlerweile sehr angeschwollenen Kitzler. Dann schob er das vibrierende Prachtstück ganz langsam in ihre nasse pochende Muschi. Susanne stöhnte laut und massierte zusätzlich mit den Fingerspitzen ihrer rechten Hand ihre kleine Lustperle. Sie rubbelte hart und wild über ihren Kitzler und stöhnte ihre Lust laut hinaus.

Markus gefiel das Spiel. Er ließ seine Zunge an ihrem Hals entlang weiter nach oben wandern. Sie sahen sich beide tief in die Augen und wussten in diesem Moment, dass sie füreinander bestimmt waren. Für Markus war es wunderbar, ihren nackten Körper zu berühren, ihre warme Haut unter seinen Händen zu fühlen, ihre festen Brüste auf seinen eigenen zu spüren, ihre erregten Brustwarzen, die sich sanft in seine Haut bohrten und ihre glatte heiße Scham, die seine Oberschenkel berührte.

„Du bist wunderschön", hauchte er. „Ich will dich spüren, dich fühlen."

Damit küsste er Susanne auf ihren Hals. Sie krallte ihre Hände in seine Haare, als sie seine feuchten Lippen auf ihren spürte und seine Zunge fordernd, aber zärtlich in ihren Mund eindrang. Seine Hände fanden den Weg zu ihrem Po, der sich wunderbar fest anfühlte, eine Hand umgriff ihre Brüste und knetete sie. Sie waren so herrlich weich, ihre Nippel so hart. Als Susanne seine Finger wieder zwischen ihren Schamlippen fühlte, stöhnte sie laut auf. Jede Berührung ihrer Muschi steigerte ihr Verlangen nach einem weiteren Orgasmus. Sie war so was von nass, bekam aber nun große Lust, auch ihn nach allen Regeln der Kunst zu verwöhnen, ohne selbst darauf verzichten zu müssen.

Sie lächelte Markus an während sie noch der Länge nach in den warmen Sand lag.

„Bitte dreh dich", flüsterte sie.

Markus verstand sofort, was sie meinte. Er glitt anders herum über sie und hatte die nasse Lustgrotte nun wieder direkt vor sich. Er liebte diesen göttliche Geruch, mit dem er so intensiv ihre Erregung aufnehmen konnte. Genüßlich senkte er seinen Kopf hinab. Susanne schrie leise auf und biss sich vor Lust in die Unterlippe, als sie seine feuchte, harte Zungenspitze spürte. Seine Zunge fühlte ihre Schamlippen und ertastete ihren Kitzler. Und dann verwöhnte er diesen pochenden Kitzler, zart aber auch sehr kräftig mit seiner Zungenspitze, sodass Susanne fast den Verstand verlor. Markus formt seine Lippen zu einem

O und umschloß ihre Klitoris. Zart begann er daran zu saugen. Erst sanft, dann aber immer fester und fordernder. Und dann plötzlich verspürte auch Markus eine ganz andere Wärme. Er spürte, dass Susanne ihn nun ebenfalls verwöhnte.

Susanne umschloss ganz vorsichtig sein prachtvolles Stück, das nun direkt in stolzer Größe vor ihr stand und bewegte ihre Hand langsam auf und ab. Noch etwas zaghaft spielte sie mit ihrer Zunge um seine feuchte Penisspitze herum. Doch ihre Lust wurde immer stärker, sodass sie dann genüsslich ihre Lippen über seine geschwollene Eichel stülpte und anfing, mit ihrer Zunge die Öffnung seines Gliedes zu erforschen. Immer wieder ließ sie ihre Zunge über seine Eichel gleiten, was ihm immer wieder ein Stöhnen entlockte. Mit der anderen Hand massierte sie vorsichtig und sehr zart die weiteren nahe gelegenen erogenen Zonen.

„Oh Gott, ist das ein schönes Gefühl", flüsterte sie, „was für ein Prachtstück du da hast. Ich will ihn spüren, nicht später, nicht nachher ... jetzt."

Und dann hielt sie inne. Sie schob Markus ganz lieb von sich herunter, richtete sich auf und kniete sich vor ihn. Markus liebte diese Stellung von hinten.

Er sah wie Susanne aufreizend vor ihm kniete, sah ihren prallen Po, ihren Rücken, ihre Haare. Er nahm sein strammes und hartes Glied und schob es ganz sanft in ihre Muschi. Mit festem Griff hielt er sie an ihrer Hüfte und mit langsamen Stößen begann er sie zu vögeln. Erst zart und langsam, dann immer schneller und fester. Susanne stöhnte laut. Sie kreiste mit ihren Hüften und erwiderte seine Stöße, die dadurch allerdings noch härter und noch fester wurden. Die erotischen, kreisenden und stoßenden Bewegungen von beiden, gingen ineinander über. Ihre Körper waren nass vor Schweiß. Sie stöhnten beide auf, holten noch einmal Luft, bevor sie sich wild vor Lust, einem tief greifenden Orgasmus hingaben. Als die Wellen der Lust allmählich abgeklungen waren, fielen sie erschöpft in den Sand. Sie brauchten anschließend keine Worte, sie sahen sich nur an und ihre Augen sprachen Bände.

Während sie weiter schmusten, streichelten sie sich gegenseitig am ganzen Körper und lagen noch eine ganz Zeit lang eng umschlungen da. Markus lächelte und zeichnete zart die Konturen von Susannes Gesicht nach.

„Kleines, soll ich dir mal was verraten?", flüsterte Markus ihr ins Ohr.

Susanne nickte und lächelte.

„Weißt du, du hast bei unserem ersten Date in deinem Büro die Tür zu meinem Herzen geöffnet, du bist die wahre Sonne in meinem Leben und du hast mich mit deiner Art wieder zum Lachen gebracht. Nur mit dir und unserer Kleinen möchte ich die schönsten Stunden meines Lebens verbringen. Ich liebe dich, wie ich noch nie eine Frau geliebt habe ... Möchtest du mich heiraten?"

Susanne nahm sein Gesicht in ihre Hände und küsste ihn zart auf den Mund.

„Soll ich dir auch mal was verraten?", flüsterte sie. „Weißt du, ... du bist für mich wie ein Diamant, der glitzert und funkelt, es gibt niemanden, der süßer ist als du, und außerdem kann ich nicht einschlafen, wenn du nicht bei mir bist. Ich möchte, dass du die Hauptrolle in meinem weiteren Leben spielst, und deshalb kann meine Antwort auf deine Frage nur ein JA sein."

Was darauf folgte, war ein langer, zärtlicher Kuss und Markus stellte wiederum fest, wie sexy seine zukünftige Frau doch war.

„Spüre ich da etwa wieder Lust aufkommen?", fragte Susanne mit einem Lächeln auf den Lippen, als sie eine kleine Bewegung an Markus fühlte.

„Hm, ich glaube, wir müssen unsere Hochzeitsnacht schon mal vorziehen", erwiderte Markus und seine Hände und Lippen gingen bereits ein weiteres Mal auf Entdeckungstour.

Susanne schloss die Augen, öffnete leicht ihre Schenkel und wünschte sich, dass dieses Lustgefühl nie aufhören möge.